伊斯坦布尔，那一场杏花春事了

花子/著

当代世界出版社

图书在版编目（CIP）数据

伊斯坦布尔，那一场杏花春事了 / 花子著. —北京：当代世界出版社，2015.9
 ISBN 978-7-5090-1043-3

Ⅰ. ①伊… Ⅱ. ①花… Ⅲ. ①游记—作品集—中国—当代 Ⅳ. ① I267.4

中国版本图书馆 CIP 数据核字（2015）第 172544 号

书　　名	伊斯坦布尔，那一场杏花春事了
出版发行	当代世界出版社
地　　址	北京市复兴路 4 号（100860）
网　　址	http://www.worldpress.com.cn
编务电话	（010）83908456
发行电话	（010）83908409
	（010）83908377
	（010）83908455
	（010）83908423（邮购）
	（010）83908410（传真）
经　　销	全国新华书店
印　　刷	三河市南阳印刷有限公司
开　　本	880 毫米 ×1230 毫米　1/32
印　　张	8.25
字　　数	200 千字
版　　次	2016 年 1 月第 1 版
印　　次	2016 年 1 月第 1 次印刷
书　　号	ISBN 978-7-5090-1043-3
定　　价	36.00 元

如发现印刷质量问题，请与承印厂联系调换。
版权所有，翻版必究，未经许可，不得转载！

目录

第一章 伊斯坦布尔，那一场杏花春事了

- 1. 在香港机场寻找一瓶酱油 …… 3
- 2. 猫咪，你的梦里花落知多少？…… 6
- 3. 我喜欢，情人的笑容，轻抚我发 …… 8
- 4. 一个黄昏的闲逛，不期而遇的Sema …… 11
- 5. 被埃森放了鸽子，而少年出现了 …… 14
- 6. 在埃森和少年之间，相信了化学反应这件事 …… 19
- 7. 我输了 …… 26
- 8. 六宫粉黛无颜色 …… 29
- 9. 夜半无人私语时 …… 31
- 10. 我记得 …… 36
- 11. 看起来很美 …… 39

第二章 重返土耳其

- 1. 良人，我不能忘记你 …… 42
- 2. 儿童节快乐 …… 44

第三章　马拉蒂亚，杏之都，不吃杏

- 1. 清晨把我接回家吧 …… 50
- 2. 混不了吃的斋月苏丹艾哈迈德 …… 53
- 3. 大意失荆州 …… 56
- 4. 斋月不是开玩笑 …… 62
- 5. 在错的时间里来到杏树下 …… 67

第四章　尚勒·乌尔法，生命交错的理由

- 1. 似是而非搭便车 …… 74
- 2. 中东宅院的凉 …… 76
- 3. 装的就是高级 …… 78
- 4. 一生这样够不够 …… 81
- 5. 这个车，上，还是不上？ …… 84
- 6. 少女和怪叔叔 …… 87
- 7. 要食品安全还是要电子产品？ …… 89
- 8. 那是一个混交的年代？ …… 92
- 9. 谁比谁更动物？ …… 100
- 10. 开满鲜花的庭院 …… 104
- 11. 我在幼发拉底河想念你 …… 107
- 12. 在秘境中寻找人们的笑脸 …… 111

第五章　马尔丁，爱在西元前，飞过沧海桑田

　-1.　四张床的命运 …… 116

　-2.　若我赤身裸体，你便无处剪边 …… 121

　-3.　遭遇自慰男 …… 124

　-4.　让我们一起青梅竹马吧 …… 128

　-5.　马尔丁 Suggest doing …… 130

第六章　迪亚巴克尔：玄武岩下老泪纵横

　-1.　有一天，你也来到这城墙下喝喝茶吧 …… 145

　-2.　两河伊甸园 …… 147

　-3.　冠盖满京华，斯人独憔悴 …… 153

第七章　安卡拉，这里的寂寞令我惊呆了

　-1.　悉心安排，却是笑话一场 …… 159

　-2.　Man to Man 和一条名叫 Fox 的狗 …… 163

　-3.　蓝田日暖玉生烟，早知应喝六杯茶 …… 168

第八章　安塔利亚：不要轻易来这里，会迷路

　　—1.　这怎么会 ok？…… 175
　　—2.　打蛇随棍上 …… 179
　　—3.　带你去一个很好的地方 …… 183

第九章　卡斯，碧海蓝天，两小有猜

　　—1.　丢人丢到地中海 …… 188
　　—2.　无论如何都是错 …… 192
　　—3.　要吵多少架才学会相爱 …… 196
　　—4.　你就像个少年 …… 203
　　—5.　超大卧铺豪华跳岛游 …… 211
　　—6.　从头到尾，忘记了谁，想起了谁 …… 215

后　记 …… 220

1 / 摄影集

马尔丁 Antik Tatlidede Konagi 酒店

马尔丁大叔一定要我拍到这只鸡

尚勒·乌尔法圣洁鱼池

终于见到幼发拉底河

土耳其红茶和美索不达米亚平原

底格里斯河

7 / 摄影集

嫌贵没住的Otel Buyuk kervansaray，由16世纪商队驿站改建而成，典型的迪亚巴克尔黑白石头建筑

伊斯坦布尔，哭一场杏花春雨了/8

安卡拉国父纪念馆

海没在海中的 Batik sehir 古城

马尔丁街头

伊斯坦布尔的色彩

伊斯坦布尔的色彩

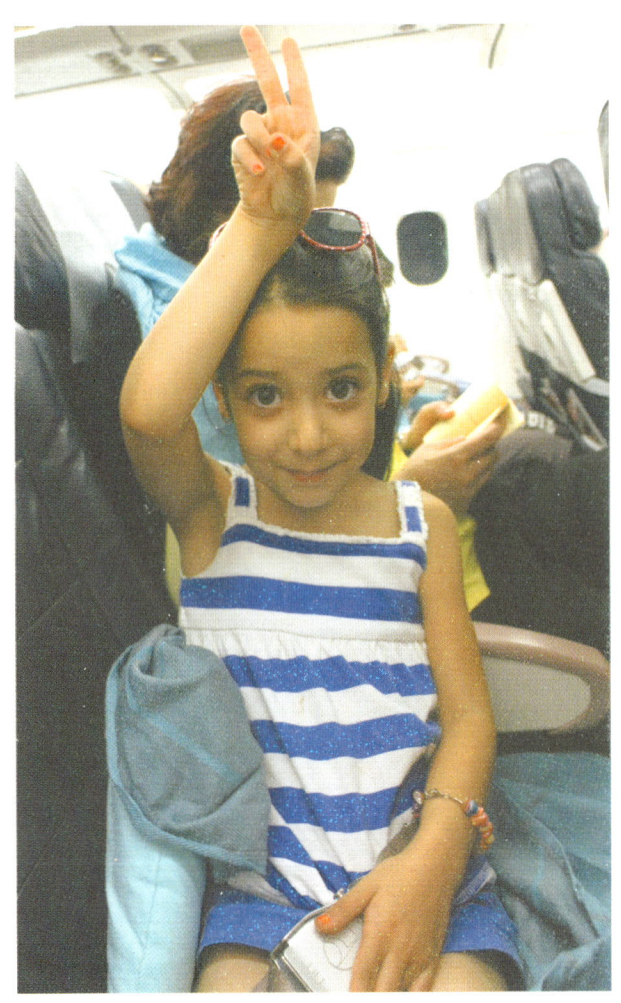

去往马拉蒂亚飞机上的女孩

叮叮当当的电车一股欧洲风情

美索不达米亚平原黄昏

旅途上总有明亮阳光

安卡拉色彩

蓝色清真寺前酣睡的大狗

伊斯坦布尔，那一场苍茫奉事了 / 18

卡斯地中海

伊斯坦布尔的海总令人记忆深远

卡斯地中海

埃森

博斯普鲁斯海峡

清真寺前休憩着的人们，各有生活

大皇宫

天台景观

伊斯坦布尔的春天

旋转舞

大巴扎附近就是大学区，年轻人的气息扑面而来

伊斯坦布尔的春天

不经意的早晨，偶然邂逅的时光

四五月里春光明媚的伊斯坦布尔，索非亚教堂前落英缤纷

哈兰蜂巢房

第一章

伊斯坦布尔,
那一场杏花春事了

最初为什么想去土耳其？记得那是在春天的澳大利亚，一次差旅，在黄金海岸的郊外，同组的人都被带进澳宝石礼品店了，我百无聊赖地在周边转。踱进一个超市，买了点吃的。日光下坐在路边吃杏脯。好好吃的杏脯，黄金般的颜色，肉质丰厚甘美。记忆中这么好吃的杏脯，吃过一次，在香港大澳渔村时买的，当时店铺老板说这杏脯来自土耳其。于是那天，在澳洲的日光下心一动，低头寻找包装袋上的产地，果然，"Made in Turkey"。一袋千山万水，越过亚洲、印度洋或太平洋，来到地球另一面的杏脯。果脯这么好吃，花也一定很美。我点了支烟，然后想：我要去土耳其看杏花。我知道我自己，但凡动了念头，事就成了一半。我的念头虽常显乖张飘忽，但不会过于冒险，全是生活可承担的喜怒哀乐。

当现在，翻起记忆里这个最初开始的线索，关于杏脯，关于杏花，生活的戏剧化和命运的滑稽多少令我震惊。因为，那个在我的旅程中出现的少年，令我对这个国家有了更多欲说还休之情的少年，正是来自土耳其著名的杏子产地，据说也是世界上最好的杏子产地，马拉蒂亚（malatya）。我只是想去看一场杏花，但在伊斯坦布尔遇到了他。多么肤浅而平淡的故事，但好歹讲下去吧。

1. 在香港机场寻找一瓶酱油

  春末4月底，从广州前往香港，计划搭乘土耳其航空的航班飞往伊斯坦布尔。其实土航在广州也有航班直飞伊斯坦布尔，但相对贵。从澳洲回来后就时不时地查询前往伊斯坦布尔的机票。当从香港出发的直航机票来回含税显示七百多欧元时，觉得在心理价位之内，便出手了。毕竟，这是土耳其航空，号称欧洲最好的航空。机票如股票，升升落落。买好机票后那几天，偶尔也会上土航官网查询同一时间段的机票价格是涨了还是跌了，后来觉得，何必这么多此一举呢，于是停止这种"科学求知"的行为。

  因为是劳动节期间，许多人过境到香港搭乘国际航班。出关时听到排在前面的，去泰国、去瑞士、去加拿大……想起张国荣、周润发、钟楚红主演的那部《纵横四海》，那个时代的香港多么意气风发，世界都是那班年轻人的后花园。时过境迁，香港成了五味杂陈的中转站，名牌中转、交通中转……But, I love HK。每次从红磡搭乘地铁前往机场，在青衣站转线时上升到地面，市中心的极度拥挤繁华已经远去，站台空旷寂寥，外面淡青色的楼宇间飘荡着海风。当列车离开车站，很快，视野中一片海面苍茫。此时，香港就失去了作为一个特定地名的意义，像是失重时空中一个不问来路、不问去向的驿站。机场线的冷气非常强劲。人少，我便蜷缩在座位里，开始自导自演，进入天涯旅客的戏剧中。当列车抵达，走进机场入口，再穿过一段通道，便正式进入香港机场的熙熙攘攘。但这里的熙熙攘攘，又不同于曼谷机场凌晨四五点依然人来人往的熙熙攘攘。曼谷机场，大部分是游客、背包客，那一种熙攘里多少流动着或放肆或疲倦的快乐。而香港机场成分复杂，人们脸色更清冷漠然，更具未来感。

每每我走完入口通道，总是爱驻足片刻，回望入口，再前望一眼大厅，心里给自己来上一些《黑客帝国》之类的情绪。因为这是在诺曼·福斯特爵爷的超级建筑作品里，必须要有的一些情绪。这位英国国宝级的高科技流派建筑大师，总是用这样宏大而轻盈飘逸的玻璃幕墙，一层层如无限递进般的空间，搭建起我们可以生活在另外一个平行世界的幻觉。在香港国际机场如是，在北京首都国际机场 T3 航站楼如是，但香港机场更具抽离感。一程程的摆渡列车，永远不知自己究竟去了哪里。有一年，从这里搭乘航班飞往泰国苏梅岛，不断和一个穿着卡其绿衣裳过分帅、过分人文气质的老外在摆渡过程中时而分散、时而相逢，最后竟然上了同一班机，分坐前后座。故事就这样，结束了。我承认，事后后悔了很多年，遗憾了很多年，当时至少应该说声"hi"的。

这次，我只是在香港机场寻找一瓶酱油。

这瓶酱油也是和帅哥相关。

虽然在土耳其之前，利用或长或短的假期再加上商务差旅，也去过了一些国家，但还没有当过沙发客。秉持着每一趟旅程都应该尝试些新东西的原则，再加上伊斯坦布尔的住宿据说很贵，我就打算在伊斯坦布尔当一当沙发客，于是就在网上找愿意收留我的伊斯坦布尔帅哥。埃森就这样出现了。我的沙发客页面上几乎一片空白，因为没有相关的朋友及沙发经历，唯有铺一堆自己的照片上去：各种旅行的、潜水的、跳伞的，以表明此人是见多识广的有趣的人；各种微笑的、大笑的、傻笑的，以表明此人好相处，甚至出动了抱着自家狗的照片，以表明此人有爱心是 nice guy……行走江湖小心机是需要一点的。铺好照片后，像选妃子一样在网上选沙发主人，要帅，要看着可信，要地理位置适合……发出了两个邮件，一个运动型的帅哥"say no"，而斯文型帅哥埃森说"可以"。后来他又向我要 facebook。但你知道的，我们哪能用 facebook 呢？跟埃森说在我国无法使用 facebook。他说："通常没有社会关系页面的人我是不考虑招待的，但看你照片，应该是有趣的好人。所以没问题，来吧，住我家吧。"这样，小心机果然起到了点儿作用。

大家都知道沙发客的本质是交换交流，如果住到别人家的时候能顺便教点东西给别人，是很受欢迎的。我能教别人什么呢？我连游泳都不会。思前想后，拍着胸脯跟埃森说："我来教你中国菜。"而中国菜的首要诀窍在于酱油，在拍胸脯的时候已经打定主意，到时要往行李箱里塞上一瓶。

临行前的那段时间，正好忙到天昏地暗，六神失色。即便从广州前往香港的直通车上，也是电话微信不断的。酱油，也就理所当然地忘带了。然后在充满未来感和宏大叙事的香港机场中，竟鬼使神差地想起了酱油这件事，于是一个个店铺去寻找酱油。"请问你知唔知边度有豉油卖呢？""豉油啊？唔知啵。或者你睇下后边七仔啦。机场，好少有豉油卖嘎。"是啊，有谁这么二要在机场买酱油啊。当然找不到了。于是就带着没酱油无法给土耳其帅哥展现中华料理之精髓的懊恼情绪，上了飞机。

2. 猫咪，你的梦里花落知多少？

"困死了，旅馆要12点才能check in，现在才8点，我就把行李放下，随便逛逛。闻名遐迩的蓝色清真寺就在隔壁。去上厕所，果然要1里拉。好贵，3块多人民币呢！我就决定蹲久点。"

早上8点多，蹲在蓝色清真寺的厕所里，给家人发信息报平安。我是如何突然就置身于奥尔罕·帕慕克的忧伤之城呢，依然觉得有些恍惚。其实也不算突然，近11个小时的长途飞行呢，累得天昏地暗。机长广播开始下降的时候，强打精神趴窗户上看。然后看到有月光，静静洒落海面。破晓前温柔而清冷的波光粼粼中，一个俯冲，伊斯坦布尔机场的灯光出现了。想起自己即将独自面对一个遥远陌生的城市，不自主地把命运都交给神的旨意，或者陌生人的善恶意志，心中就泛起那种偶尔会出现在旅途上的彷徨。

在香港机场航班check in时，土耳其航空柜台服务小姐，又要人出示返程机票又要信用卡又要住宿预订单的，把我吓得不轻。入关前心情也有些许沉重，但护照递上，海关翻一翻，嘴一咧，一声怪腔怪调的"你好"，令我扑哧笑起来。在机场出口扫视一遍，很快找到有银联的取款机，大小面值的里拉一起吐出来，真方便，有钱在手，心就踏实。在凌晨5点多的机场等最早一班地铁，面对着一堆土耳其语的售票机有点踌躇，站台阿叔很快过来教怎么买票；在地铁上我那四轮的行李箱不停淘气滑动，旁边座位的阿叔就帮扶了一路；其后转乘电车，晃动间背包中的瓶装水掉出来，旁边拄拐杖的阿叔还抢着帮忙捡起来；在苏丹艾哈迈德站下车，晨光中再次踌躇，不知预订好的 Nobel Hostel 是在哪里，又是一位阿叔，一路带着到门口。经过这么多位阿叔的接力帮忙，穿越清晨的大街小巷，伊斯坦布尔就真正到了。（只是当时一点都不知道，仅仅 3 个月后，我将重返此城。）

我愿永远记住与这座城市最初相对的时光，那样温柔明媚的春天，和风轻拂。当终于舍得从蓝色清真寺的厕所出来，踱步周边，圣·索菲亚大教堂前的草地上，一大株粉色花树开得美丽动人又寂静无声。风一过，花瓣就纷纷扬扬漫天飞起来。驻足观望良久，觉得已经算是看过土耳其的春日杏花盛放了，于是就心安理得地不再做任何旅程规划。我已经在这里，在伊斯坦布尔，就让我一直待着吧。

在短短一两个小时内确定和伊斯坦布尔的爱情后，依然没到 check in 的时间。在大教堂侧面的巷子里找了个咖啡馆上网吃早饭，背包放地上，临走一提，哇噻！提不动。低头一看，一肥猫已将背包当安乐窝，睡得正香。旁边树上有花掉下来。好吧，让你睡，等你睡醒，梦里花落知多少。

3. 我喜欢，情人的笑容，轻抚我发

  该用怎样的方式和伊斯坦布尔这样的城市相处呢？仅蓝色清真寺和圣·索菲亚大教堂之间的那片广场就让人待不够，看不腻。我常常就是在那里坐着，看花飘落，猫猫狗狗在道路中间、草地上、花丛下做了一个又一个的美梦，看游人如织，抖落一地欢声笑语。对奥斯曼帝国的历史所知不多，但从心底里觉得，能留下这样好的地方给后人享受如此美好的春光秋日，一定是个不赖的帝国吧。

  蓝色清真寺的礼拜大厅当然也是要进去的，两万多块伊兹尼蓝色瓷砖装饰着四壁，260个天窗让光线缓缓漫进室内，和蓝色瓷砖交相辉映出如梦光影，厚厚的华丽地毯一望无垠般地铺开，穹顶遥远而广阔。美是极美的，就是人多了点。于是更多的还是在寺内庭院里坐着，或从它旁边经过，或在 Nobel Hostel 的天台近距离端详它气势磅礴的身影（人家有6根宣礼塔呢），听它每天数次的宣礼声。

  郑重其事地去参观的是托普卡比大皇宫。这是我非常非常喜爱的皇宫，因为它一点都不为难人。偌大的皇宫里到处是绿茵、庭院、回廊，逛累走累随便就可以坐下来歇歇脚，很仁慈。当然这是现在，搁在以前，将数百名嫔妃捆绑起来，投到博斯普鲁斯

海峡里淹死这样惨绝人寰的事也是有的。作为奥斯曼帝国的政治中枢，历经四百多年的王朝更替，事关帝国的荣耀、骄傲、没落，事关权力争夺、争宠斗艳，托普卡比的故事，有多风云变幻、多风流倜傥、多重口味，可尽情想象。而我所感受到的它的豪气如云，有两点：

其一，雄踞高处俯视海峡的超级无敌海景 view。托普卡比正好位于博斯普鲁斯海峡、金角湾、马尔马拉海交汇处的高地之上，极目处海天一色，天大地大，帝国的气度在这样的皇宫选址上显露无遗。在这里眺望滚滚波涛，会令人想起，奥斯曼帝国原来它曾占有世界疆土的六分之一，囊括巴尔干、中欧、中东及北非的大部分领域，是横跨欧、亚、非三洲不可一世的帝国。而帝国之首都伊斯坦布尔的传奇，又早在此之前已经开始。另一个辉煌帝国——罗马帝国，公元 330 年就从罗马迁都于此。历经两个世界级帝国的伊斯坦布尔，有着一千七百多年的帝都史，它是无与伦比的伟大之城。这种感觉，在坐渡轮穿越博斯普鲁斯海峡时非常浓烈。

其二，珠宝馆里的珠宝太吓人。最闻名遐迩的展品是电影《通天大盗》（《Topkapi》）中梅尔库丽和她的情人想盗取的托普卡比匕首，3 颗鸡蛋大的祖母绿镶在剑柄上，剑柄顶盖里面还藏有一块表；另外 86 克拉的渔夫之勺钻石也充满传奇，它是一位小贩用 3 个勺子跟一个不识货的渔夫买下的，哀其不幸、怒其不争的渔夫啊——恐怖的还不单单是这两个倾城之宝，除此之外，他们还有一颗颗鸡蛋大的祖母绿就一盘盘随便摆在那里，硕大的金子做的皇座上还密密麻麻地镶满红宝石、绿宝石、蓝宝石，渔夫之勺钻石周边还要镶上 49 颗小钻石，闪死人……这样的阵仗，分明是在宣告:"俺们祖上是狠狠地富过的。"

就这样,一轮珠光宝气看过去,却不起贪念。"如果有这样一堆珠宝送到面前,你嫁不嫁?""如果容许我将它们换成钱想干吗就干吗,可以嫁。如果只是戴来日日坐后宫,sorry,我不嫁。"我喜欢,情人的笑容,轻抚我发。犹记得,看完满屋的珠宝出来,精疲力尽,于是就在回廊上坐下,阳光里闭目,睡了一觉。浮生如梦。

4. 一个黄昏的闲逛，不期而遇的 Sema

苏丹艾哈迈德老城区太美，美到很容易就觉得累，因为眼睛要看太多，心情要有太多起伏。于是在看过托普卡比大皇宫之后，我就把那些"一定要看"抛到了脑后，打定主意一切慢慢来，累了就回去睡够、歇够了再出来继续逛。毕竟，10天的土耳其之旅，已经被我迅速简化成伊斯坦布尔之旅。

于是那一天，就在午睡醒来的傍晚，想，随便走走吧。沿着电车轨道信步闲庭，路过皇宫附近的一个城门口时探头往里看了看，人不少，风景似乎还不错，前方有夕阳，门口无需票，于是就走进去（后来才知道这是皇宫后面的御花园）。一路看到很美的郁金香盛开。想起它虽是荷兰国花，实际原产于土耳其，奥斯曼帝国时期出口到欧洲，大量种植蔚为潮流。虽演变成他国国花，但郁金香在土耳其人的生活中根深蒂固，看看那每日离不开的土耳其茶的经典茶杯——郁金香造型，就知道了。在苏丹艾哈迈德统治下和平繁荣、文化艺术达到巅峰时期的18世纪，有个很好听的名字：郁金香时代。现今，每年4月，是伊斯坦布尔盛大的郁金香节，满城尽是郁金香，皇宫更是集中地。此时虽已是尾声，仍有惊喜。

如此在御花园随便走，一路经过无数鲜花、霞光、恋人、梧桐树洒落的通透光影，看到门口就随意走出去，走上海边的公路。

右手边，马路过去是海，左手边，是延伸的铁轨，夕阳在前方高照，马路上车流滚滚，心情也没觉烦躁。因为，是这样的海，这样的夕阳，是这样遥远异乡的迷离感。走着走着脑海里突然想起来，莫非前面就是大名鼎鼎的 Sirkeci（锡尔凯吉）火车站？昔日东方快车的欧洲终点站？

果然是的。就在 Eminonu 码头附近，是这座闻名遐迩的火车站。"过去的东方快车从伦敦出发，最终抵达伊斯坦布尔的 Sirkeci 车站，它是通往欧洲的大门。Sirkeci 作为东方快车的终点站，曾经是上流阶层人士聚集的场所。据说阿加沙·克里斯蒂曾经在这个车站下车，乘船渡过金角湾，在佩拉帕拉斯酒店入住。"阿加沙·克里斯蒂，她是从什么时候开始酝酿出东方快车谋杀案的呢？而我在 21 世纪某个春日的傍晚，轻轻推开 Sirkeci 中央大厅虚掩着的大门，里面空空荡荡，一个坐在房间窗后的大叔打着哈欠瞄了我一眼，并没有说什么。穿过大门踏上月台，一只大猫蹿过，吓我一跳。其实它只是要跑到角落里去喝水，角落里放着它的水碗和一大碗猫粮。这个车站已经很安静。东方快车所指代的激情的异国旅行和豪华列车游，一定要蒙上历史的尘埃，才更令人追忆。而此刻，在这个终点站里，历史寂然无声，故作沉默。但我知道，它曾如何的衣香鬓影，莺声笑语。

车站入口处有报刊亭，想买一张伊斯坦布尔的交通卡 Akbil。而亭主大叔告诉我 Akbil 卡已经淘汰，现在换成了 Istanbulkart。我看看手上那本《走遍全球》，的确，几年前的版本了。除却物价上涨外，这个城市多少也有着一些其他变化吧。用 8 里拉买了一张 Istanbulkart，然后遵循大叔的指示到前面马路上的电车亭充了值，感觉和这个城市的联系又多了几分。实际上，它真是很方便、很划算，坐电车、渡轮、公交车、地铁都可以用到，而且比单独买票要便宜很多，建议在伊斯坦布尔待几天以上的，都应该买这么一张卡。

充完值，想着再看看车站吧。回到中央大厅门口，竟然看到已经有人在摆摊卖票，仔细一看，就是有这么巧啊，是在卖 Sema 旋转舞的票啊。在来伊斯坦布尔之前，已经计划着要在 Sirkeci 车站中央大厅看一场旋转舞，因为据说这里的舞者来自加拉塔梅乌那博物馆，说白了就是更正宗。而正好这一天闲逛就逛到了车站，碰巧这一天晚上就有表演。40 里拉的票，因为是缘分天注定，掏得更甘心。

在等待表演开始之前，有免费热茶赠饮。慢慢喝着茶，慢慢欣赏车站大厅那美丽的雕花窗，慢慢想象昔日这里的盛况。Sema 开始之前，会先有半小时的古典音乐表演。"土耳其古典音乐往往都采用 makams 的体系（一种听上去很有异国情调的音节组合），和西方音乐中音阶的功能很相似。对于首次听的人来说，不免冗长沉闷又过于哀伤。然而习惯以后，又觉另有一番韵味"。坐在入口右手边后排位置，旁边美轮美奂的雕花窗外，正是一棵大树，时值黄昏，归鸟盘旋，远处海面上暮色苍茫，配着这空旷苍凉的音乐，竟觉非常好。

而 Sema 旋转舞呢，《Lonely Planet》（简称 LP）上关于它的描述挺好的，所以就直接拿来用了吧，"欣赏旋转舞蹈是一种感召，浪漫而令人难忘的经历。在全世界范围内有很多托钵僧修道会完成类似的仪式，但土耳其的是最流畅和纯粹的，犹如优雅的灵魂出窍的舞蹈。"

Sirkeci 车站里的旋转舞表演还有一个好处，就是不会有什么旅游团来到这里，观众除了有节制地拍拍照，都很安静。我在说什么？你懂的。

那是个非常完美的黄昏。

5. 被埃森放了鸽子，而少年出现了

那应该是在伊斯坦布尔的第二个夜晚，给埃森发邮件，"我已经到伊斯坦布尔了，这个城市很美丽，我非常喜欢。后天什么时间我们在哪里碰头呢？"

据说当沙发客最好不要在一户人家连续住超过三晚，不然容易招人烦，也因为这次只是实验性质，所以只是安排了从周五到周日3个晚上住在埃森家。初抵伊斯坦布尔的3天是住在Nobel Hostel，而在埃森家之后计划住到亚洲区去，体验不同的伊斯坦布尔。

顺便说一下Nobel Hostel和土耳其早餐。Nobel Hostel的地理位置很有优势，天台左手边是蓝色清真寺，右手前方是马尔马拉海，在4月末、5月初的旅游旺季，多人间的床位价格也才人民币一百出头，虽则是冬天时的两倍，但这样的地段、这样的景观，性价比很高了。美中不足的是他家没电梯，如果行李太重会麻烦点儿。另外早餐并没有好到传说中令人感激涕零的程度，应该说，Nobel Hostel的早餐是土耳其传统早餐的标配：茶、奶、咖啡、蛋、果酱、腌渍小果、芝士、面包，还有还有，一定不会少的黄瓜、西红柿！在其后第二次到土耳其的数十天旅程里，我已经对土耳其传统早餐熟悉无比。像Nobel Hostel的是标配，次一等的，可能

没有蛋。而好一等的,再加上香肠火腿片;另外,果酱、腌渍小果和芝士的种类更丰富。光果酱,就会有樱桃、草莓、金桔、蓝莓等等多种口味。

而对于我来说,土耳其传统早餐的精髓是茶。那一杯杯装在郁金香玻璃茶杯里晶莹剔透的红茶,每一杯,标准地配上两块小方糖。少之则茶苦,多之则过甜。每天早上都是从三杯热热的土耳其茶中醒过来的。喝少一杯都觉得不够舒坦,多了又太多。尤为重要的是,这茶杯一定是要郁金香造型的经典玻璃茶杯,别的茶杯都不对。后来在马尔丁的时候,住的是城堡一样的酒店,美是美的,但早餐不好,连蛋都没有,次于标配之余,茶杯竟然是陶瓷咖啡杯!因此心里极不痛快,住了4个晚上,只吃了一次早餐⋯⋯

噢,是的,大帅哥埃森。就是怕情况有变,所以提前了两天给他发邮件。果然,大帅哥埃森回邮件说,"太不巧了,我这里情况糟糕,我和房东吵架了,正在找房子搬,不能招待你住宿。如果你实在很需要地方住,我可以问问堂姐,看能否让你住到她那里。"

出师不利,深感沮丧。麻烦他堂姐也没必要了,毕竟他正烦心。那么接下来3个晚上去哪儿?要不要干脆就找个周边的地方去一去痛快?比如布尔萨什么的。但是太累了,太累了啊。几番犹豫,又几番沮丧情绪折腾之后(沮丧情绪来源于那种感觉——"果然如她们说的,土耳其帅哥靠不住啊"),最终决定,那就提前搬到亚洲区去吧。但是埃森说,"我们周五晚上还是可以碰面的,我可以带你体验伊斯坦布尔的夜生活。"好吧,反正也没什么事,见就见吧。貌似我在这个城市,本身真的没什么特别的事。就是待着,随便溜达。

第二天下午,从蓝色清真寺旁边经过,想去格雷特宫镶嵌画(马赛克)博物馆 Mozaik Muzesi。拿着地图看方向时,一声"hi"在耳边响起。我抬起头,看到一个男生,样子长得不是很土耳其,倒有点像伊朗、伊拉克等中东地区的人——这算不算阅人无数?才来到第三天,已经学会分辨男人的样子是不是很土耳其了(后来,知道他是库尔德人,我第一眼的判断挺准确)。"你要去哪里?"他问。我指着地图告诉他想去这里那里。他看了看,说"OK.Let's go。""啊?我想起自己去就可以了。""Why?"看了看他,随便吧,反正也是溜达。

那天下午的阳光很强烈,我被照耀得有点晕晕乎乎。他在进行自我介绍。叫什么名字,在伊斯坦布尔大学读书,"你来自中国?噢,我有来自新疆的同学……你多大了?"我正走神,听到问年龄本能地一激灵。他们怎么都这么爱问年龄啊?在菲律宾、印尼、马来西亚……他们都爱问年龄。不知道女生的年龄是不能随便问的吗?总之以不变应万变,年年25,然后很快地反问:"And you?"他让我猜。瞄了瞄他,这种中东胡子男,谁知道呢,既然在上大学,那就往小里猜,20吧。他说了个"more",说小了?那就22吧。他不置可否。那就22了(后来才知道他才19岁,所以我叫他少年)。顺便说一下,土耳其人的问题三部曲:你叫什么名字?你多大?你的工作是什么?百试不爽的。

七拐八拐之后,他陪我找到马赛克博物馆,说:"你进去看吧,我在那边出口处等你,好吗?"我点点头,用去大皇宫时买下的72小时博物馆通卡进了门。如果之前能知道接下来都没有什么体力和心思去看博物馆,就不会买下这张卡了。站在拜占庭帝国早期铺满了镶嵌画的人行道前,心情很紧张。这是不是传说中的搭讪？根据江湖传闻，土耳其男人都是很不可靠，分分钟有可能是爱情骗子。要不要继续跟他胡扯下去呢？这里有没有其他出口？我能不能从另一边偷偷溜走？那些用一小片一小片马赛克镶嵌而成的马啊、鸟啊、雄狮啊、花朵啊、植物啊，并没有给我答案。它们已经在这里沉默了上千年，看样子也将继续沉默下去。我叹了口气，慢慢沿着参观线路往外走。走出门口，就发现他坐在联排商店巴扎的阳光中等我。那一刻的阳光那么明亮耀眼，却不知为何令人有点心酸。"Hi, what are you going to do?"

因为我并没有计划接下来要去哪里，他就问我小圣索菲亚清真寺要不要去？好啊，反正也不知道是什么地方。于是又一阵七拐八拐。来到伊斯坦布尔已经第三天，我才知道蓝色清真寺后面还有这么一大片巷子，这么多迷人的去处：阳光、巷陌、寻常人家、窗台上盛开的鲜花、古朴雅致的小茶馆、摆在阳光中铺着暗红花纹棉布的木桌、无处不在的郁金香茶杯和土耳其红茶……一直在混乱的方向感中左看看右看看，只觉这里太美丽，太喜欢这里，突然就听到他问："我喜欢你，我能牵你的手吗？""啊？哈哈。"除了笑也不知该做什么反应。他就牵起我的手。走了几步又突然用力一紧握。心里有点震动。难道他是真的喜欢我？

小圣索菲亚有一种洁净雅致的美丽，雪白色的内墙上装饰着深蓝和枣红交织的花纹，不规则的八角形穹顶设计令它不同寻常。公元527年~536年修建的建筑，晃眼1400多年。游客很少，是一位老人在看门。前庭处是一个绿树掩映的茶室，在那里坐着喝喝茶应该不错，只是当时我们都没想起来。我心里依然一片恍惚，不懂该怎样与他相处。拿出随身携带的围巾包住头，赤脚走在小圣索菲亚柔软的地毯上，好喜欢寺里的安静。他问："你是穆斯林吗？"当然不是。感觉他的脸上轻轻掠过一阵黯然，我也没多想。

小圣索菲亚也看完了，然后呢？他问："我喜欢你，你喜欢我吗？"真直接啊。但我来自中国，一般不会轻易对一个陌生人说"我喜欢你"。我不吭声。他接着追问："为什么不给我答案？"我笑笑。然后他说："要不去大巴扎吧"。啊，大巴扎？去是要去的，但不是今天。今天已经累了。被他的"喜不喜欢"逼问得太累，索性在路边石阶上坐下。他说："看着我，看着我的眼睛。我想和你成为情侣，可以吗？"不想看，无端端看一个陌生人的眼睛干什么。但还是看了一眼，不过还是看不懂他。于是我说："让我们说再见吧。"他低下头，半天，要联系方式。我写了个邮箱地址给他。他说："我永远不会忘记你，我的中国人。"他走了。我在阳光中继续坐着。等坐够了慢悠悠地寻路回到 Nobel Hostel，他的邮件已经来到，回了个邮件，告诉他，明天我就要搬到亚洲区 Kadikoy 去，然后就出门逛去了。逛到晚上11点多回到旅馆，信箱里躺着十几封他的邮件，说一直在苏丹艾哈迈德一带等我，现在是最后一班车，要回家了，明天会继续来苏丹艾哈迈德等。"生命不会给我们第二次机会。"他说。想了想，给他回邮件："明天我很忙，如果你想，我们可以后天见面。"事实上，第二天确实很忙，除了要搬到 Kadikoy，晚上还和埃森有约。

6. 在埃森和少年之间，相信了化学反应这件事

伊斯坦布尔太浩大，看个皇宫睡个懒觉是一天，看个马赛克博物馆邂逅个少年又是一天，再看个考古博物馆，至少也得半天。即使我是很懒惰的人了，也觉得应该去看看考古博物馆。于是在搬去亚洲区之前，上午，使劲鼓起力气去了趟博物馆。

那些石棺，怎么说呢？精致完整得太无情。公元前4世纪的石棺，中间已经不知道逝去多少代生命，可是它所雕刻的希腊人和波斯人血战的场面仍栩栩如生；公元5世纪利西亚人的石棺同样如是。高贵的大理石上，各种雕刻：人物、马匹、神兽、生活场景，工艺华美，保存完好，穿越千年历史风尘，像噩梦一般，展示给一拨一拨游客，提醒着我们肉身的脆弱易逝。在大理石的无情常存面前，当我于万千展品中发现一具骸骨时，竟感到几分亲切。这才是我们。尘归于尘，土归于土，纵使生前万千的情绪纠结，无尽喜怒哀乐，最终，就是这样一具面目空洞、消逝了个体特征的骸骨，直至日复一日，灰飞烟灭。于是又坐在馆外抽烟。看着藤蔓在雄伟的展馆外墙蔓延，莫名想起波斯诗人萨迪的诗句：蜘蛛在凯撒的宫殿里结出了网幕。

顺便说一下，在我前后两次总共几十天在土耳其的游荡中，

唯一一次确信被当成傻游客黑了钱的经历,就是这一天。离开 Nobel Hostel,要到 Eminonu 码头搭乘渡轮前往亚洲区,因为行李箱在苏丹艾哈迈德的石板路上非常难走,决定豪气一把,直接打车到码头。结果那个表一打下来,竟然 30 多里拉。当时对路程不熟,对伊斯坦布尔的打车行情也非常陌生,虽然觉得好贵,也还是把钱给那个黑心司机了。至于后来为什么断定他黑了我的钱,因为,当晚就再次打车,从位于 Besikta 的埃森家,穿越博斯普鲁斯大桥,回到亚洲区的 Kadikoy,这么遥远的距离,也才 30 多里拉。

总结一下教训:苏丹艾哈迈德是游客区,还是得长点心眼儿。

这一天下午,在 Kadikoy 的 Glorina Hotel 房间,拉开窗帘往楼下看。阳光打在对街鳞次栉比的楼房上,鲜红的星月国旗高悬。远离苏丹艾哈迈德,这是寻常巷陌的伊斯坦布尔,一个陌生国度的气息悄悄从面前这片平常街景传递给我。有时觉得自己就像一个间谍,无声无息地潜入别人的地盘。实际上说无声无息也是不恰当的,一个陌生的东方面孔,尤其还是一个女生,突兀地出现在这非游客区,总是会多引起几分关注。Check in 的时候,大爷级的服务生就一直热情地笑着盯着我看,帮送行李到房间时,态度殷勤得一度有点让我不知如何是好。

我固执地迷恋着这种假想式的入侵的感觉,一样一样端详房间里的物品,把那数个酒杯摆成一排拍来拍去。总是很有办法没做什么就将自己搞得很累。如此摆弄一番,就需要先来个午后的小睡了。睡醒,穿上白色薄 T 恤和深蓝色小西装,准备去见埃森。埃森说:"你能找到塔克西姆广场旁边的独立大街吧?街口那里有一间汉堡王,我们在那里碰头吧。伊斯坦布尔的人约会都是在那里碰头的。"如此甚好,总喜欢抛去游客身份,去一些当地人去的地方,做一些当地人做的事。

一脚踏出 Glorina Hotel 的门,黄昏的阳光扑面而来,几乎睁不开眼睛。这个城市就是这样,时时刻刻这样通透强烈的阳光,无处不在的海风,将长发吹散,老是给人生活在戏剧和故事里的蛊惑,不自禁地就会觉得自己神秘起来,风情起来。街上到处都是男人,他们灼烈的目光更会助长女生这种自恋的情绪。这是一个陷阱,要警惕。

从 Kadikoy 到 Taksim 广场,当然首先要搭乘渡轮,到达 Kabatas,再转乘地铁。天哪,我是多么喜欢搭乘渡轮,穿越博斯普鲁斯海峡啊。之前,没有一个城市能给我这种这么浩瀚、苍茫、伟大的感觉,即便是罗马。其实罗马的意蕴已经很深厚了,随便走一走,就觉得自己是走在历史里,像要走出一个永恒来,但是罗马没有海。而伊斯坦布尔的魅力,首先就来自于这苍苍茫茫的海。从第一次搭乘渡轮,在海面上远眺这座城市清真寺宣礼塔的剪影,海鸥鸣叫着在上空盘旋飞翔,就患上了思乡病。每次离开它,隔着千山万水,在每一个猝不及防的时刻,不可抑制地思念它。明白了奥尔罕·帕慕克为什么要用一整本书的呓语来絮絮叨叨地诉说对它难以言表的爱。这座城市太丰富了,它已经成为它自己,于是每个生活在其中的人,比在任何其他地方都更像历史的过客。

在汉堡王的门口等待着埃森。这里果然四处都是等待的人。紧张地抽着烟,埃森埃森,你会从哪个方向出现呢?在来到汉堡王之前,已经在独立大街上逛了一个多小时,逛的主题就在于要不要买个围巾,遮住我那雪白粉嫩的胸脯。白色薄 T 恤太低胸,深蓝小西装的扣子又是有等于无，胸脯又太白，于是焦点就太明显。如果在中国不是问题，但这是在土耳其，穆斯林国家，即便是在伊斯坦布尔，整个国家最最西化的城市，这样的袒胸露乳，还是太过分了。从 Kadikoy 一路到 Taksim，尽管已经屡屡想用小西装欲盖弥彰，投落在我酥胸的目光也已经太多。良知和所受过的高等教育告诉我，这样诱惑国际友人是不对的。于是到了店铺林立的独立大街，就想去找一条围巾；To be honest, 伊斯坦布尔可能集中了世界上最多的帅哥（为什么我对这城市爱得深沉，因为我的眼里常有帅哥），绝对是花痴女的梦想之地，但远远不是潮流女的时尚圣地。街上的男人都打扮得风流倜傥，人帅，身段好，男性魅力自然流露，随便一件修身T恤和仔裤都很 hot。相比之下，女性就黯淡无光。在穆斯林国家，女性着装普遍保守传统，店铺里的货色自然也好不到哪里去，这让我等来自泱泱大国繁华都会的国际化时尚化高品位的摩登女子自然是看不上的，于是，遍寻无果。另外，动物性本能和虚荣心理也告诉我，此时不露，更待何时。于是，在五月初傍晚天气依然微冷的街头，袒胸露乳，坦然自若，等待着帅哥的出现。

虽然我已行走江湖多年，见多识广，但少女情怀的羞涩之心总是有的。当埃森在身后叫我的名字，一扭头，正是曾在照片上见过的那个斯文型帅哥，立刻害羞地低下头，颇有几分忸妮起来。埃森问，"你想去哪里？""啊，随便啦。""你喜欢啤酒吗？我们去听点音乐好吗？""啊，好啊。"于是我们一左一右地在独立大街熙熙攘攘的人流中走。Taksim 广场和独立大街一带，是伊斯坦布尔欧洲新城区的商业中心，除却各种品牌的店铺林立，在两边还有很多颇具欧洲风情的街巷，开着很多咖啡馆和小酒吧，被称为"步行者的天堂"。此刻又正是周五的晚上，伊斯坦布尔所有年轻时尚的人儿都来到这一带了吧，看不尽的灯红酒绿，伴随着天边的绚烂晚霞燃烧，不由自主小心情就要浪漫起来，high 起来吧。帅哥的影响力就是这样的，令百炼钢化为绕指柔，女汉子变身小女子。在一片紧张和害羞中，我的英语竟飞到九霄云外，连埃森问我为什么想来伊斯坦布尔都想不起应该怎样回答他，只是"嘿嘿"傻笑。

话说，埃森和我在小酒吧里喝啤酒。Efes 是土耳其的第一大啤酒品牌，色泽金黄味道醇厚，胖墩墩的瓶子有型而可爱，就像轻易喜欢上这里的鲜榨果汁、喜欢上这里的甘冽红茶、喜欢上这里的美男子一样，我喜欢上了它。或许是因为和帅哥在一起，喝什么都会喜欢的吧。酒吧里土耳其的 local 音乐蹦蹦跳跳，一直都很激情很欢乐的样子，虽然他们的古典音乐很苍凉空旷，但他们更有很多蹦蹦跳跳、很现世很欢乐的流行音乐。虽然我更偏好具有思想性的、有深层次苍凉情感的音乐，但当埃森问"Do you like the music？"我立刻明媚一笑："Yes, I like it, very nice."当然啦，此时乐队在演奏什么根本不重要啊。然后我们去晚餐，本着文化交流的目的，席间相互学习对方的语言。我面如桃花，浪声莺语，一直在很努力地学习，但他教了什么统统记不住。最后，埃森适时地问："你喜欢酒吗？到我家喝点酒？"

于是一晃眼，我们越过大街小巷，坐在埃森的房间里喝起了红酒。虽然感觉上很穿越，但还是清晰地记得，在街上走过时候的感觉：和一个陌生帅哥走在陌生国度的陌生街区，多么传奇而虚无啊。万里迢迢，就是为了追寻这种虚无吗？就是为了活成故事吗？也许是吧。"假作真时真亦假，无为有处有还无"，什么是真实什么是虚无,生活原本应该是什么样子?也不过是庄周梦蝶,你以为我是梦我以为你是梦吧。

再顺便普及一下人文知识:当和埃森深入居民区时,我看到的景象和中国很多城市的景象差不多,周末的夜晚,很多青年男女一起在外面小店、小摊上坐着吃吃喝喝,聊聊天。因为这是在伊斯坦布尔。但当后来到土耳其东部地区,发现晚上就是男人们的天下了,只有男人们在外面茶馆里、餐馆里、咖啡厅吃吃喝喝,聊天玩牌,鲜有女人的出现。他们说,土耳其西部地区和东部地区就像属于两个不同的国家一样,这话也有一定道理,世俗化的穆斯林和严格的穆斯林确实有很大不同。这话题有点大,但那些男人们其后会给我一点点展示这些原本我并没在意的宗教、文化问题。

在和埃森喝酒时,他给我放很好听的音乐,这次是真心跟他说 very good。一问,是来自希腊的音乐。话题随便一下子就会很深奥,这个国家的历史里有太多不同族群、不同文化之间的交融,东罗马、拜占庭、奥斯曼、突厥人、希腊人、亚美尼亚人、库尔德人……

不知不觉,已过去了两个小时。我必须狠下心来打断这天马行空般的交谈了。埃森惊讶:"Aar you sure?"面对我肯定的表情,埃森不舍地靠近我,紧紧地拥抱了我一下,他怎会知道,忙碌的摩登女子还要准备第二天奔赴与另一个男人的约会。

车过博斯普鲁斯大桥,怔怔地看着这座城的点点灯火。午夜飞车一直是我的至爱,而博斯普鲁斯大桥,听起来就很传奇的样子。就让车越过博斯普鲁斯大桥飞驰进时空隧道宇宙黑洞吧。但不,过了桥进了亚洲区,司机大叔不知道具体的路怎么走了。我也没管,酒店地址卡片给他,随便他一路问其他司机大叔。在土耳其晃荡就是这点好，除却在游客区得稍微留点心眼，其他地方，你通常都会遇到大量笑容满面、热情洋溢、值得信任的陌生人，给予旅途上的帮助。作为点头之交是很好的，至于深层次交往，那就 case by case。

总之，在这午夜时刻，司机大叔面对着我这样完全不认路的单身女孩，没有打一点马虎眼，几轮问路之下，也就顺利送到了。回到房间一查邮件，少年果然已经多次来信问明天何时在哪里碰面。给他回了邮件，累极入睡。

明天，又是新的一天。

7. 我输了

第二天上午，醒来一查邮件就火大，本来发了酒店地址给少年，让他中午 12 点到酒店来。他却啰哩啰唆问我能不能重新回到苏丹艾哈迈德，不然如果他到 Kadikoy 来交通不便，晚上能不能就留下。废话，叫得你来就留得你下。少年兴兴头头："啊，那我现在过来。"于是等了两个小时，再查邮件，又气绝当场。少年说："今天渡轮停运，我要绕道坐巴士过来，估计得两小时。"已经等了两小时，还要俩小时？渡轮停运的理由都敢编出口，当摩登都会女子好骗啊，这不就像是传说中的印度人那种你想去的酒店已经被火烧了、皇宫今天闭宫之类的骗局吗？于是我撂出狠话："我再也不相信你了！"说完，就气呼呼自己跑出去逛。

也是缘分天注定，偏巧就路过港口一带，一看海面，喔！这是昨天那碧蓝碧蓝的博斯普鲁斯海峡吗？一片雾茫茫，海上能见度大概只有 10 米。港口大楼铁门紧锁，很明显，所有渡轮已停航。少年没骗我啊！愣了一分钟，急急跑回酒店发邮件："对不起，误会你了。你来。"他回得倒快："那你哪儿都不要去，在酒店等我。"噢？他的句式里连个 please 都没有的哦，是命令的语气哦。活了半辈子还没什么人以这样的语气命令我，这倒新鲜了。新鲜归新鲜，听不听是一回事，傻瓜才痴痴地坐在那里再等两小时呢。

背上相机,我就出门晃悠去了。

Kadikoy 是伊斯坦布尔亚洲区两个主要港口之一(另一个是于 skudar),这个地区的历史,甚至比伊斯坦布尔本身还要久远。这里曾发现了腓尼基人的港口定居地遗址,也就是说,早在公元前 10 世纪左右,这里的城邦历史已经开始。其后腓尼基人退出历史的舞台,希腊人占据这里,建立起名为卡尔西顿的城市。公元 451 年,这里举行卡尔西顿公会议,在这次会议上,基督教的单性论被定为异说,造成日后东西方教会的分裂,自此,正统派与一性论派的对抗日趋激烈。一晃眼,历史就过去这么多年。如果说腓尼基人、古希腊、拜占庭都远得渣儿都没有了,与今日活色生香的我们何关?亲密一点说来?这里是土耳其著名足球俱乐部费内巴切的老巢,其主场体育馆就位于 Kadikoy,而其博物馆则是位于体育馆内,博物馆里展示了球队一百多年的历史和历代球队队服,据说是非常丰富。不过那天我也还没逛到费内巴切体育馆,一个人逛有什么用,当然是陪着球迷帅哥去才有实用性。我只是随意地在酒店周围的街巷走走,看最日常的生活。在这最日常的生活里,有古朴的青石板街道,美丽布匹,琳琅满目的罐头,怒放的鲜花……街上处处随意闲坐着帅哥、帅大叔、帅阿伯,你看我是风景,我看你,亦如是。

—— 如果他日重逢,我想和你,再度回到 Kadikoy。

转了好大一圈,终于又回到酒店的那条路。时已近黄昏,光影迷离,在穿梭往来的人流中,远远看到少年的身影,彷徨地站在酒店门口等待。慢慢地向他走去,在转头的一瞬间,他终于看到我。清晰地看到一丝生气,一丝紧张,以及一丝快乐从他脸上掠过。(其后,我一直记得你站在夕阳中等我的样子,人生若只如初见),"你去哪儿了?"他问。展开招牌式的明媚笑容,嫣然回答:"唉呀,不好意思,迷路了。"适时地用迷路的理由来缓解别人等待的生气,以及展现小女子的楚楚可怜,是很聪明的行为,顺便延伸一下,相信这也是个勾搭帅哥的好手段。

经过一轮酒店前台的折腾——这里特别说明一下,在土耳其很多地方的酒店(尤其是土东),未婚男女是不能同房的。即便只是号称到房间里谈点事,10分钟后服务生就会上来敲门。我们终于在房间里坐下,面对面。聊点什么好呢?我叹了口气。他看看我,我看着他……

是夜,风平浪静的凌晨,睁着眼睛看屋顶,不禁悲从中来。半生浪迹江湖,从未棋逢对手,独孤求败的骄傲与寂寞,唯日月可表,山河可鉴,而这一日,忽然输于一个异族人之下。"在梦境和黎明的交界,是我红底金字的爱",而"最辉煌时总是最沧桑,最繁华时总是最悲凉",最快乐时总是最怅惘,因为,当你试图紧紧拥抱此刻,此刻已悄然而逝。重重烟树浩浩云山,十丈红尘,迟早落成青苔的记忆,"星尘下,涛声里,往事霸图如梦啊"。

8. 六宫粉黛无颜色

那个老是拖着一根辫子的怪老头辜鸿铭，其茶杯茶壶的理论我是嗤之以鼻的，但对其另外一条理论则深以为然，"通往女人的心经过阴道"。这一天，坐在 Kadikoy 港口海边，正在考虑今天应该做点什么，突然意识到其实什么都不想做，突然意识到非常想念刚刚坐渡轮离开的少年，瞬间如五雷轰顶：惨了，是不是爱上了？欲仙欲死的力量穿越阴道抵达心脏，蔓延成缠绵悱恻，这出戏要怎么唱下去？演习惯了的"我挥一挥衣袖，不带走一片云彩"的戏码如果这次无以为继，我手上有没有可以自如掌控的其他剧本？街上依然来来往往着一个个的俊男帅哥，却已一夜之间六宫粉黛无颜色，连看他们的兴趣都没有了。摩登都会女子仗剑天涯，纵横四海，何曾有过这种感觉啊，沐浴着乱吹一通的海风，我彻底地深深地凌乱了。

一个巴掌拍不响，这台跨国大戏之所以能从男一号一路唱到男 N 号，起因也在于男一号最初的不离不弃。"Honey，你回到酒店了吗，我过来吧？"就在我彷徨乱逛了小半天，力竭而回到酒店时，少年的邮件也到了。原来他也并非游击队，打一枪换一个地方，他是回头客。骄傲的摩登都会女子原本心想，如果你不再联系我，那我也不要再联系你。如此一来，只好顺其自然："我已回到,你也快回。"

　　于是,落日熔金的暮色中,看到桌上他随意放着的身份证(土耳其规定人们要随身携带身份证以备查视,经常可以看到他们就好像戴工卡一样,将身份证别在腰间或套在脖子上等明显位置),顺手拿来看一眼,吓一跳,1994年出生?数学不好,算了半天,"噢,你才19岁?""是啊。""那为何我猜你22时你不否认?""如果我说19岁,你就不会搭理我了,是吧?"目瞪口呆。我心里直犯嘀咕,这算不算占了便宜?

9. 夜半无人私语时

在那相爱的日子里，白日少年去上课去打工，摩登都会女子继续漫无目地在伟大而忧伤的伊斯坦布尔晃荡。境由心生，突然想起几句小女子的歌词："我看见自由的鱼，水面很透明。我看见天上的云，空气很透明。我看见窗外的雨，玻璃很透明。我看见八月盛开的花，青春很透明。我看见幸福的你，眼睛很透明……"

但这到底是奥尔罕·帕慕克的城，一举一动都是历史的千丝万缕，千秋万代的轮回流转，即便是街上一条狗，都有滔滔不绝可追根溯源的故事。伊斯坦布尔很多流浪狗（实际上我现在还没搞明白它们的身份地位，因为它们明明是在街上游荡，伊城也确实素来有流浪狗的传统，但它们耳朵上通常又有防疫的标记，他日我该找个明白人问问的），每一个看着都那么悠游自在，都那么理所当然，在这个城市占据着一席之地。它们睡在圣·索菲亚大教堂的草坪上花树下，睡在通往蓝色清真寺的道路中间，行人经过眼皮也懒得动一下，睡在 Kadikoy 商业中心巴格达大街高档大气上档次的 Zara 旗舰店门口，睡在塔克西姆广场的黎明晨光中（当6月份土耳其示威游行大爆发时，它们也在风暴中心塔克西姆广场见证了这一历史，一如它们的祖宗，见证了一代代伊斯坦布尔的历史。应该有人写一本《狗眼里的伊斯坦布尔》的）它们已经这样子睡了数百上千年吧，它们有狗界的和这座城市共生的不屈不挠的光荣与梦想。在《伊斯坦布尔，一座城市的记忆》里，奥尔罕·帕慕克写道："此外还有一群群的狗，19世纪每个路过伊斯坦布尔的西方旅人都会提及，从拉马丁和奈瓦尔到马克·吐温，这些狗群持续为城里的街道增添戏剧感……阅读西方旅人描写的伊斯坦布尔，我的不平之感事后尤然：这些包括杰出作家在内的观察者提及并夸大的许多本地特色，在指出后不久便在城内消失。这是一种残酷的共生关系：西方观察者喜欢点出让伊斯坦布尔别具异国情调、不同于西方的事物，而我们当中的一些人却把相同的每件事物看作障碍，应当尽快从城市表面铲除……唯有一个城市特质拒绝在西方的眼光下消散：依然流浪街头的狗群。马哈茂德二世在近卫步兵因不遵从西方军纪而将之废除后，把注意力转移到城里的狗。然而他未能实现这愿望。君主立宪后有另一次'改革'运动，这回以吉普赛人为借口，然而一只只被迁往西弗里亚达的狗却胜利归来。觉得流浪狗颇具异国风情的法国人，认为将全部的狗塞进西弗里亚达更具异国风情——萨特多年后在小说《理性时代》中甚至拿此事开玩笑。明信片摄影师傅鲁特曼似乎看出幸存之狗的异国情调：他在20世纪之交拍摄的一系列伊斯坦布尔景色中，细心收入流浪狗，其数量和僧侣、墓园、清真寺一样多。"

　　猫界与伊斯坦布尔的历史，我暂时还没看到相关资料。伊城内一只只的流浪猫，却以它们强悍的存在感显示着它们一定也有自己版本的《伊斯坦布尔：光荣与梦想》。这里有镇寺之猫、镇宫之猫、镇站之猫、镇馆之猫、镇店之猫、镇街之猫……它们随意在上千年历史的清真寺窗棂上跳来跳去，在昔日东方快车的始发站里大快朵颐，在写满京华烟云传奇的大皇宫里理直气壮地跟游客要吃的……于是我相信它们是文化之猫。

再说说另一种动物：人。伊斯坦布尔的人，万千帅哥的光芒，已耗尽了摩登都会女子99%的精力与注意力。剩下的那1%，经常只是呆呆地看着人来人往，失去了什么观察能力和分析能力。那么，暂时再借用一下奥尔罕·帕慕克的说法："在第一次世界大战刚结束时，伊斯坦布尔人口仅50万。到1950年代末时，约莫增长一倍。到2000年时，已增加到一千万人……住在大片新城郊的人不觉得自己是伊斯坦布尔人。这座城市夹在传统文化与西方文化之间，居住着少数的富豪与多数的穷人，为一拨拨外来移民所侵占，族群众多分歧而始终分裂，过去150年来，伊斯坦布尔是个谁都不觉得像家的地方。"有一天，在新清真寺旁边拍到的一张图片，像是和这段话的一个呼应。这张图片，我给它的图说是："坐在大理石前的她流露出的那种生命注定孤独而各行其是的意味打动了我。"

当然，正能量，谁没有？！我也可以心灵鸡汤一下，"有爱就有家"，另外一天在蓝色清真寺后面的街巷里拍到的两父子，就可以拿来正能量一下：我经过路边，看到父子俩一边煎鱼一边在玩。鱼很香，男孩很可爱，我就驻足。偷偷地拍男孩，结果他父亲正好情不自禁地凑上去亲儿子一口，挡住了镜头。终于拍到了，男孩却很不开心，好像我吃了他豆腐。于是我就笑呵呵地走开。豆腐，要从小吃起。而这两张图片，我给它们的图说是："但愿你记得你曾拥有的爱。"

既然说到爱，说到家——于是就有那么一天，少年给我发邮件："Honey，今天我叔叔不回来了，家里就我。你要不要过来？"

那当然好，登堂入室什么的是猎奇旅行者最爱干的事了。"那你坐7点的渡轮到Eminonu，我让朋友在Eminonu码头等你。我已经回到家，他们会陪你一起过来。"噢？已经到了见朋友的阶段？咱们有这么熟吗？不过见人嘛，摩登都会女子自然是不怕的。于是傍晚7点20分，抵达Eminonu，就让两个迎上来的陌生男子接走了。陌生城市中的暮色苍茫，人潮涌涌，黄昏恐惧症倒没发作，也没有"他们可不可靠、会不会带我去卖了"的恐惧感和提防心，只有"他们究竟会带我去到哪里"的旺盛好奇心。好奇害死猫，迟早有一天那旺盛的好奇心会让我吃尽苦头，不过不是今天。虽然傍晚时分，伊斯坦布尔塞车塞得七荤八素，路又非常非常遥远（这是这么多天以来我第一次从苏丹艾哈迈德往城市西边走，原来西边还有这么大片大片的区域，伊斯坦布尔真是大啊），最终，我们还是到了某个公寓门口。门一开，摩登都会女子还不知该在外人面前作何反应，是不是应该矜持一点，少年已一把搂过来："Honey, are you ok?"此时，女汉子又要适当地小女子一下了，娇弱地应一声："嗯，有点累。"那是必须的。

那是多么美好的夜晚啊。少年的家宽敞明亮，干净整洁，房间里铺着著名的土耳其地毯，白色窗帘轻垂，雅致浪漫。他是一个外地来的学生，不住学生宿舍，却自己住这么大一个屋子，在伊市做生意的叔叔只是间或过来住，他怎么这么奢侈啊。于是市侩势利的摩登都会女子心花怒放，极尽媚态。浓浓爱意，当着朋友的面肆意流淌。我们围坐于地，共享晚餐（原来他们是习惯围坐在地上进餐的，看吧，登堂入室就是能长见识）。朋友问起我们的相识过程，少年用土耳其语向他们侃侃道来，脸上洋溢着愉快的笑容，末了以一句"I love her"结案陈词。妾本浪荡女，竟劳君珍重，简直是诚惶诚恐，如履薄冰啊。其实，我是一个演员。职业精神至上，唱戏就要唱到入木三分，于是，夜半无人私语时，"Do you want to marry me?" "Yes." "I want to have three babies with you." "Ok."

那是最美好的时光，因为彼此心存幻想。但，自由落体运动告诉大家，越是飞上云端，就越有可能摔个稀巴烂。

10. 我记得

再度收到埃森的邮件时,恍如隔世。我原没有故意忘却他,甚至在和他在一起的第二天,醒来首先是期待他的邮件,毕竟我们前一晚是那样地如胶似漆,而且他真的是很帅。如果那个上午,他联系我,也许我就会推掉和少年的约会,历史将会改写,戏路也许有所不同。但他没有。我只好另觅新欢,歪打正着,少年从此闯进生命,不留缝隙,把心和 Vagina 都填得满满当当。所以在收到埃森的邮件时,如收到来自另一个光年的回音,而这只不过是数天的时光。由此我明白了,时间可以作为一个物理量词,也可以作为一个心理量词。我依然面目纯真,笑脸如花,心却已历尽沧桑,百转千回。埃森说:"对不起这几天真的很忙,又要忙工作又要忙搬家,都不能陪你好好逛逛伊斯坦布尔。我有个堂弟也在这里,他是学生,比较有时间,可以让他陪你逛逛。"我酸楚一笑,给他回邮件:"埃森,我已来到这个城市一个礼拜多,已经熟悉它,不用了,不过真的谢谢你。"

我真的已经熟悉这个城市了吗?也许是的。我来这么多天,嫌排队人多,连圣·索菲亚大教堂都没有进去呢,地下水宫什么的更是没去,大巴扎是在最后一天才去的。游客该做的许多事情,我都没做。伊斯坦布尔一千零一夜般的梦境,通常都是在苏丹艾哈迈德。它是那么美啊，华灯璀璨，令人窒息。电车日夜叮当作响，古老的城墙一次次都不会走腻，蓝色清真寺的宣礼塔时时浮现，鸽子迂回盘旋，流浪猫狗在花树下好一场春梦……但它，又是多么地虚无啊。当坐车远离苏丹艾哈迈德，生活的悲欢离合，在哪里都是一样的。伊斯坦布尔的秘密，在我，是那一张有时亲密有时陌生的脸。我说来看一场杏花，原来难道是来赴一场化学反应的？爱是一种偶尔发作的化学反应，对吧？但我早就跟少年说过，爱令人悲伤。因为凡是得到，便觉美好；凡是失去，必有痛苦。而失去，是迟早必定会发生的事情。我们从出生就开始失去。失去天使容颜和心灵，失去前生的记忆，再慢慢失去尘世中的一切。有一首歌叫《两天》："一天用来出生，一天用来死亡。"不如说，一天用来得到，一天用来失去。不过少年年纪小，且有信仰，他也许相信很多东西，相信爱情，相信永远。但我不信。我不信，但我记得。许多细细碎碎的回忆都难以忘记。

我记得，第一次一起去吃饭，我慢条斯理地拨弄着食物若有所思（其实是习惯性放空）。少年厉声训斥："Eat! Don't play!"噢！哪有人这样教训一个漂亮女子的。情侣一起共进晚餐，应该上演的戏码不是你喂我一口我喂你一口，誓将邻座肉麻死吗？被训斥的靓女傻掉，不知该作何反应，偏偏就叉起一块肉喂向少年。少年大囧，急速看了周围一眼，羞了一脸。噢，是了，这是穆斯林国家，在公共场合不宜过于亲昵，这是习惯为所欲为的漂亮女子后来才慢慢察觉出来的。

我记得，有一天等少年心切，就大开着房门想看他到来的样子。结果又被训斥："为什么开着门？""因为在等你啊。""不能开着门，让别人看到你，我会妒忌。"……然后晚上看电视，画面上闪过政客出访的镜头，他说："看，这是我们的总理。"我随口轻佻应和："噢，好帅！""啪！"他一巴掌打过来，我整个蹦起来，（其实打在肩膀上没么痛啦，不过年轻的时候8点档看多了，本能地入戏三分。）抚着肩膀，怒目而视，你大爷的，敢打我！两人剑拔弩张地对视一分钟，少年冷静解释："不能称赞别人帅，我会妒忌。"……（噢，当时我并不知道，以后他们的总理还会出现在我们的关系中。）

但我更记得，那所有旖旎缠绵以及激烈动荡的时刻。相互探索彼此的身体，仿佛这是世间最神秘愉悦的所在。

怎能忘记
你在身旁
几度欢乐
几度忧伤
怎能忘昔夜
月影离合
几多欢畅
几多迷茫
风吹过
云影似梦
啊……我要抚摸你
我要抚摸你……

唉，戏演到这里，连我自己都不忍心演下一幕了。

11. 看起来很美

据少年说，当年，他父亲有了更年轻的女人，就和他母亲离婚了（"为什么你父亲要离开你们？""Turkish style"），他和两个弟弟都跟着母亲生活。身为长子，他从13岁就开始打工赚家用。之前他赚到些许钱，就买了伊斯坦布尔那个屋子，花了10万里拉（看看人家的房价，在全国最大的城市，10万就有房了）。但后来公司倒闭，就没找到什么好工作，只是试图带游客到礼品店里买礼品，从中赚提成。近段时间没什么生意，手头拮据。然后有一天，我们回到家中，他收到了催缴房产税的通知书……总之，最后的最后，他问我，能不能买他的地毯。

噢，我在来土耳其之前，是颇看了一些攻略和书的，已经先入为主地设立了心理防线，难道彼此这么几天的全情投入，演的就是一出骗局？如果真是，彼此的演技都不错啊！听着他一路说来，我很失望：你说很爱很爱我，原来只是想卖我地毯？少年也很失望：你说很爱很爱我，都不肯买我一张地毯？当然，都是文明人，没有明说出这样的话，没有针尖对锋芒地对质，只是彼此都在心里一层层地失望下去。于是那成了气氛很尴尬的最后一夜。我人生最怕的事情就是尴尬场面和儿女情长。这下好了，正好避免挥泪十八送的伤筋动骨。第二天，就自己一个人前往机场，搭上回国的航班。"

人生就是这样,看起来很美,但生活里全是支离破碎。最后一天,在前往机场前,我居然有心情赶到 Eminonu 码头,去吃一个最爱的烤肉夹饼。恰逢其时,就正好看到了金角湾上盛大的落日。我至爱的博斯普鲁斯海峡啊,它真的是这样美啊!但它的另一面,我要告诉你:

博斯普鲁斯海峡是罗马尼亚、保加利亚、俄罗斯、乌克兰、格鲁吉亚等黑海沿岸国家和其相邻国家可以借道黑海海岸的唯一出海通道。根据1936年的《蒙特勒公约》,虽然土耳其拥有对海峡的主权,但是它必须允许外国船只在这里往来。在那个时候,一年之内经过海峡的船只不过区区几百艘,现在已经增加到了每年五六万艘货轮,这还不包括未登记、未上报的2000吨以下的船舶。这是世界上最繁忙的水路,每年运送一两亿吨石油、几百万吨液化天然气和几百万吨化学物品,以及超过5000万吨的各类物资。也由此,博斯普鲁斯海峡的海上交通威胁,成为土耳其在环境方面面临的严峻挑战之一。装满石油、化学品、危险品的远洋货轮,每一艘都犹如一颗游动炸弹,对海峡两岸数百万的居民造成严重威胁。事实也是如此,自20世纪60年代以来,博斯普鲁斯海峡成了灾难频发之地,至今发生了150多起重大航运事故。其中最为严重的是,1979年11月15日,经过海峡的独立号油轮爆炸,船上9.5万吨石油全部泄入海水中,整个海峡内火光冲天,大火足足烧了两个月才得到控制。34名船员丧生,伊斯坦布尔有3万间房屋被烧毁,海峡生态遭受了毁灭性打击……

这就是人生。

第二章

重返土耳其

1. 良人，我不能忘记你

待我长发及腰，少年怕已遗忘。待我青丝绾正，卧榻之侧已换新人。虽知这是人之常情，但嬉笑怒骂大半生，难得伤筋动骨一次，就这样快又回归麻木不仁，很没趣的吧？所以痛定思痛，我决定不要这么蠢，我要让这情意绵绵无绝期。就让我一次，爱个够！而少年也相恩成灾，他说："你是我第一个女朋友，我永远不会忘记你。"既然如此，那就真的先不要忘记吧。

实际上，在我还没回到大陆，才飞回到香港时，我们已经在邮件中，相互原谅对方了。感谢信息时代，感谢微软、感谢谷歌、感谢一切网络大佬。爱恨情仇的表达可以这样迅疾，不用独上高楼，怎么望都望不到地中海那尽头：良人，我不能忘记你，你是否也在思念我？然后半年后才收到回信，佳人我也在思念你，你是否依然在思念我？这样你来我往地思念个两三次，已经白了少年头。从相对论上来说，我们的一生，是否已经是古人的 N 次人生了？

而少年想到的问题则很形而下，"Honey，你不要随便和其他男生打交道，不然我会给你点教训。"我很无奈："Baby，你尽管来吧，但我不得不和很多男生打交道。我们的工作团队全都是男的。"然后他就不吭声了。我知道，我们相互震惊了对方的三观,这是后面还将不断发生的情况。就像有一天晚上在他家,中场休息时我们有一会儿真的只是相互你眼望我,我眼望你,然后我说:"这事太扯淡,我们是如此不同,为什么会这样?"他说:"但我们可以相互感觉到对方,不是吗?"由此我相信了,爱原来真是一种化学反应。这种化学反应,可能是爆炸,爆炸成两败俱伤;可能是结晶,结晶成欲望人生最后的信仰;当然更可能是烟花,一瞬间你浪漫了,璀璨了,感动了,然后你空虚了,寂寞了,屌丝了。但不管怎样,有反应时就让它反应吧。记得去年秋天在西藏,有幸和歌手钧哥一起"回到拉萨",然后有一天听到他说:"从小到大我们总是习惯处于紧张的状态,但我们是一条生命,来到这个世界上就这么几十年的时间,懂得给自己一个放松的状态很重要。但什么是放松呢?放松,就是允许发生。允许好的事情发生,也允许生命中不好的事情发生。"正好同时在一本书上也看到这样的话:"无论你遇见谁,他都是对的人。无论发生什么事,那都是唯一会发生的事。Let things happen。"此语击中我内心,醍醐灌顶。

2. 儿童节快乐

六一儿童节那天，我给自己送上了一份超级大礼。

回心想来，生活中总是会有很多玄机，很多有意无意的机缘巧合，不由得令人慨叹。另外还看过一句心灵鸡汤，"如果你下定决心去做一件事，连老天都会帮你"，有时它是真的。

——切，不过是想再见少年嘛，说得这么煞有介事，连老天都请出来了，矫情。

机缘之一：时间。其实早在年初，已经开始在反省自己这几年的生活。我快乐吗？是在做着想做的事情吗？如果不是，想做的事情又究竟是什么？人生苦短，应该去寻找生活的另一种可能性吗，有勇气吗？绝不是在抱怨或是在遗憾过去的生活，在过往的那几年，即便生活中也有艰难曲折，上天依然眷顾我良多。每一步的过去，都是通向今日和明日的自己。只是觉得，人走着走着，也许就到了一个该停一停、想一想的时候。而正好，到了年中，外部的事情也有了阶段性的终结，如果我想，就可以将时间重新掌控回自己手中。

机缘之二：签证。关于出境旅行，签证这件事顺便说一说。很多人都抱怨中国护照不好用。这的确是事实。但正如又有人说："当你在抱怨这个抱怨那个的时候，他人已经持着一本中国护照，轻舟已过万重山了。"我是有点幸运的，当年一本白本，拿去签意大利签证，因为是和意大利商会有关的一次差旅，非常顺利地签下来了，(但同是这次活动，上海同行就不可思议地全被拒签，所以说有点幸运。唉，人品好没办法。)接着去几个东南亚国家溜一圈，护照上也五花八门几个章，颇有点模样，就去签新西兰旅游签。天地良心，没房、没车、没什么存款的三无摩登都会女子啊，新西兰居然也很大方地给了个一年多次往返。那叫一个感激涕零啊，不枉我机票、保险单、详细行程单。(某月某日打算去喝点什么新世界红酒，某月某日去跳伞，某日某月去看鲸鱼看海豚，全部给它列出来，以示咱真不是去打黑工，而是去砸钱的，没房没车都想跑去你们家砸钱，签证官很感动了有没有？)等等打印了一摞，还排了个目录！

有了这些畅行无阻的经历底气就足矣。去土耳其前，签证问题根本没考虑过，就先把机票给买定。然后有一段时间，听网友说风声紧，似乎土耳其都不给中国护照在第三国出签了。接着和一位旧同事吃饭，她说前不久刚去了趟土耳其，太美了，就是现在签证卡得比较严，据说是因为太多义乌商贩的缘故，如果想去，最好是飞到申根国家，中途可停留土耳其一周，云云……喔，这也太复杂了吧！在心里犯嘀咕，却也懒得跟她提自己机票都已买定。回来再看网上攻略，一片声地都在推荐某个代办最靠谱。都太复杂了吧。等到自己真去签，发现很容易，就是找了个旅行社，交个在职证明，资产证明什么的都不用，没几天，也就签下来了。所以事情听别人说太多都没用，是骡子是马，自己拉出去遛遛就知道。但没想到的是，等我从土耳其回来没几天，土签这个事更容易了！

5月15日，土耳其宣布对中国护照开放电子签证。是有多爽，只要符合所需条件，网上填一填资料，交个20美金，签证就能到手。而且以前土耳其旅游签都只有15天停留期，但电子签可以停留30天。

心情非常激动，手脚又非常麻利地在网上输入材料，交上20美元，没几分钟就收到电子签证，看着那个简单的PDF文件，一个劲犯嘀咕，这事这么容易，真能成吗？

接着，给少年发邮件："Baby，我搞了个电子签证，可以重返土耳其了。你觉得我什么时间回来好呢？"

"10天后吧。我希望在这10天里能挣到些钱，然后我们可以在土耳其有个假日。"

我笑了，10天，这还真是说走就走的旅行啊。或者以为这是到隔壁家串门那么容易？

"我7月底到，行吗？"

"7月不是好时间，那时是斋月，我不在伊斯坦布尔，回老家Malatya。"

斋月？这倒新鲜了。都说了，好奇害死猫。

"那没关系啊，我可以去Malatya找你啊。我不会打扰你，住酒店里，你有空时就来找我好了。我正好想体验一下斋月是什么样子呢。"

"这样啊。也好。那我们就待在Malatya吧。不过我不让你住酒店，你住我家。"

住他家？见家长？打了个哆嗦。脑子马上闪过的问题是：带什么化妆品好？因为结婚早，19岁少年的妈妈，也才38岁，比我大不了几岁。一边打哆嗦，一边雷厉风行地订机票，正好有几万南航的积分，可兑换机票，从广州飞伊斯坦布尔是不够，但可以从乌鲁木齐飞；回程的话，用天巡一找，8月下旬，马来西亚航空从伊斯坦布尔经吉隆坡中转回广州的单程机票，税后2700多，可以有。以迅雷不及掩耳之势，我把来回机票都订好了。告诉少年，少年回邮件："Honey，我好兴奋，我告诉妈妈，妈妈也很兴奋。"Oh, my good boy. 那天正是儿童节，我们都很快乐。

第三章

马拉蒂亚，杏之都，不吃杏

1. 清晨把我摇回家吧

7月23日22:50，CZ679，乌鲁木齐－伊斯坦布尔。在乌鲁木齐地窝堡机场一边吃葡萄，一边看日落，一边候机。葡萄是上次来新疆出差时认识的临时翻译妹妹给的。她老家正是吐鲁番鄯善。得知我这一天途经乌鲁木齐，她特意电话家里人，让一早摘了葡萄托客车捎到乌鲁木齐，交到我手上。沉甸甸一大袋，情意和葡萄都甜入人心。无论如何是吃不完了，偏偏同在等待航班的又是不知哪儿来的一群吱吱喳喳的游客，没有合眼缘的帅哥可以分而食之，只好继续拎上航班。南航的飞机餐十分难食，有这甘甜伴随一路，倒也好。

之前一直将信将疑不知是否靠谱的电子签证，入境时却是一点问题都没有。准备好的住宿预订、回程机票等等文件海关官员一眼都懒得看，只是翻了翻护照，瞄一瞄电子签证，章一盖，这样，摩登都会女子就有了在这里停留30天的权利。之前坊间盛传的半年内不得入境土耳其两次的流言也灰飞烟灭。埃森知道我要来，说："我现在是一个人住，希望你能来我家住。"那么在Booking上订好的Nobel Hostel的床位，只是为了应付入境检查了。航班抵达时已午夜一点多，约了埃森早上7点在Levent 4地铁站口附近的大厦碰头，这中间的几个小时，就正好来一场午夜睡机场的经历。伊斯坦布尔机场不是什么背包客聚集地,航班一抵达,入境旅客很快四散消失。整个空空荡荡的大厅,似乎为我所有。慢条斯理地收拾行李,将大箱扔在大厅里,拎了化妆包进洗手间敷面膜。声控的洗手间灯光,前一秒还是暗的,一脚踏进去,所有灯瞬时亮起来,有一种灯为你而亮的矫情感动。坐最早班的5点的机场大巴 Havas 进城,车上只有我和一位大叔,于是我很安静地沿路目睹了伊斯坦布尔的苏醒。晨光中再次见到博斯普鲁斯海峡,心情起伏。在塔克西姆广场转乘地铁,现在的广场很平静,一个多月前在这里发生的大规模示威活动,如今只留下些许的暗流涌动。很想问问广场上的流浪狗,你们还好吗?当它们若无其事地走过,似乎在回答我,"我还好,你也保重"。

出了 Levent 4 地铁站,向一群出租车司机打听和埃森约定的 Sapphire 大厦。指路就指路呗,结果那位粗犷魁梧的出租车司机一看到这样的小女子带着一个大箱子,蹬蹬地就拖着我的箱子往前走,走着走着示意我看身后,噢,那一群司机正热情洋溢地挥手说再见呢。像我这样白痴的女生,能不热爱这里吗?满大街的帅哥帅大叔,纷纷地表示宠爱呵护之意,悦目又悦心。"骄纵有人疼,懂事遭雷劈",不仅女人迷浪荡子,男人也爱坏女人。或者只是天生多情,难以满足,传统保守的白玫瑰无论怎么美,没几天就成了衣服上沾的一粒饭黏子,而心口上那颗朱砂痣,永远在蹦达着对红玫瑰的渴望。记得后来有一天在马尔丁,正在街上走着,身边经过一家四口,丈夫在百忙中还冲我眨眼(土耳其男人特别会眨眼放电),而他妻子也正好看到这一幕,遂眼神好复杂地盯了我一眼,匆匆而过。……为什么老提起那行李大箱,因为后来渐渐觉得,这就像一场接力赛,在数十天的漫游里,一个个男人扛过这个箱子，就像没有我的存在一样，这个箱子，它完成了自己的一场旅行。

7点，坐在Sapphire大楼前等埃森。伊斯坦布尔已经完全苏醒，马路上车流人流涌动。埃森在身后出现，微笑着打招呼，上前扶着我欲行触脸礼，我却忘了这礼数，一把抱紧他，似千山万水历尽委屈地回到他面前。埃森一边帮拎箱子，一边谆谆指引叮嘱，这里转弯，那里直行，记住这清真寺，记住路口那蓝色玻璃屋……他怕我自己出来时会迷路，所以如此不厌其烦。就这样，这个带着严谨耐心工作特质的电梯工程师，在这个早上，把我领回了家。

2. 混不了吃的斋月苏丹艾哈迈德

为什么口口声声说非常想念少年，回到土耳其却没有直接转飞少年所在的马拉蒂亚，也是有原因的。适逢斋月，斋月里的伊斯坦布尔老城苏丹艾哈迈德的模样，我要见识见识。果然与平时大有不同。平时被游客所占据的苏丹艾哈迈德，一到斋月的夜晚，就成为当地人欢乐的海洋。上一次来，都丝毫不觉得在苏丹艾哈迈德会有这么多穆斯林，而这一次，时近日落，满眼头巾，似乎所有穆斯林都跑出来了。蓝色清真寺旁边也搭起舞台，聚集了大批人群。开始以为有音乐表演或旋转舞表演，不看白不看，赶紧也抢占一个有利位置，拿着小微单左拍拍右拍拍，尽情嘚瑟。但把周边的父女母子一家数口的温馨情景全拍完了，舞台上依然没有一丝一毫载歌载舞的意思。搞什么嘛。终于，一个老头子上台，叽叽咕咕说一通什么，下台。须臾，再上台，再叽叽咕咕说一通什么，又下台。没等到他第三次上台，我走了。后来给少年看照片问："这老头是谁？""他是一个伊斯兰头脑儿，向人们传播信息"，噢，原来压根没什么表演，只是"讲安拉"，但这么多人一坐好几个小时专心致志地等，专心致志地听……我算是有一点点接触到他们的宗教生活了。

斋月夜晚，苏丹艾哈迈德最壮观的景象是那处处席地而坐、聚众吃喝的人们,树下、草地上、花丛中、广场里,全是人。那么多人同时一起吃东西的场面真是壮观、快乐啊!至于为什么那么快乐呢?在斋月里,虔诚的穆斯林每天从日出到日落,十几个小时,粒饭未碰,滴水未沾,到晚上,光是可以享用食物,就让人备感幸福了吧?尤其是在这样的盛夏,暑天,不吃饭尚可,十几个小时不喝水,严格来说唾沫都不可以吞,实在不知道他们是怎样做到的。反正我是不行——后来在马拉蒂亚试过了,不行。

也有人在斋月夜晚开斋时布施,以示对安拉之敬的。在喀什时就看到日落时很多餐馆门口都摆了桌子出来,放上一片片的瓜果,貌似维族人是可以免费取来吃的?也没好意思去问、去试。在苏丹艾哈迈德的这个晚上,也看到一位红衣帅哥拿着一盒食物一路分发。可恨的是,两次经过我身边时,他都视若无睹,没将食物奉上!看来,没裹头巾,混不了吃啊……

既然埃森是秉持世俗化观念的土耳其人,自然他是不封斋的。下班回到家,他就开始做晚饭。事实证明摩登都会女子就得一个"说"字,从前号称要教埃森做中国菜,上一次没住人家家里,也就算了,这一次,埃森笑问:"要不你来主厨?"我吓得赶紧摆手,"啊,不要啦,你做就好。"长途旅行,体力太差,累得只想躺沙发上等吃。帮打个下手,切个蕃茄丁都累得不行。谁知道他们的番茄要切得那么那么碎的呢。要切得碎成酱一样,再和酸奶搅拌到一起,作为蘸酱来吃。从前以为自己是吃货,家人对我的评价也是"好吃懒做",有时想吃一个什么东西,要是一时半会儿吃不上,能念叨好几天。长途旅行之后,再也不好意思说自己是吃货,因为太不专业。要拿着攻略走街串巷去找个推荐,那实在是太累的事。懒散的粗胚子,无论怎样也能对付下去。上一次来,开始的前几天,我那无粉不欢、喜欢汤汤水水的东南亚式的胃，日日对着硬货类的土耳其大饼，简直愁眉苦脸。几天后，也就发掘出自己的生存之道，烤肉卷饼加鲜榨果汁，也能滋润地活下去。第一次回少年家的那个夜晚，少年为我做了火腿通心粉，都算是改善生活。他和朋友们吃的那种酸奶浸小饺子，我是无论如何也爱不上。

埃森做的米饭不错，挺对胃口。白米饭我几乎吃不下去，一定要蘸着菜汁有滋有味地才能吃下去，而土耳其的米饭都是加了油盐、蔬菜带有滋味的米饭，可以一吃。那晚除了埃森，家里还有另外一个男人，埃森的朋友奥罕。奥罕很健谈，也很关心我在土耳其接下来的行程。拿着《LP》，指指点点地给建议。埃森一刹那好像有点吃醋，拿出琴默默弹起来。我一看势头不妙，赶紧放下《LP》装出一副聆听样。埃森又开心起来，拉着奥罕一起跳拉丁（他们一起在上拉丁舞蹈班），这个场面也太 gay 了吧！

在埃森家住了两晚三天，晚上吃他们做的饭，白天都到 Sapphire 商场的餐馆里上网和吃饭，服务员都认识了，一见到就笑嘻嘻地把英文菜单拿出来，其实不用拿，每天都是固定的点意粉和水，学会直接跟人说"su"。第三天晚上就飞马拉蒂亚，少年的老家。计划从那里前往土耳其东部，前往美索不达米亚平原、幼发拉底河、底格里斯河。

3. 大意失荆州

从那晚差点儿赶不上飞往马拉蒂亚的航班开始,预示着接下来几天的生活一片恍惚和迷乱。

谁知道伊斯坦布尔在傍晚的时候塞车塞得那么惨无人道呢。从位于 Levent 4 的埃森家出来,打车到塔克西姆广场坐 Havas 前往机场。还在车上默默回味和埃森的分别,转头一看窗外,天啊!这都半个小时过去了,还没到就隔两站地铁的 Sisli。万一 Havas 到机场的路也塞成这么水泄不通可咋整?立马计上心头就叫司机直接开到 Aksaray,从那里转乘轻轨前往机场。英语不灵光的司机大叔,三番五次以"Taksim, no. Aksaray, Havaalani?(土耳其语机场)"的形式跟我确认行程的变更,生怕领会错意思。我心急如焚,又努力控制住脾气,看着窗外的漫漫长龙,满天的夕阳金光只给心上添堵,想着多半是赶不上了。这般万里迢迢、一路有惊无险地赶来,却在最后一刻大意失荆州错过航班,这不是个笑话吗?一边沮丧,良好的职业习惯又驱使我一边开始考虑应急方案。这是今天最后的航班,如果错过只能改签到明早。少年会在机场等我吗?没换土耳其本地卡,手机没有网络,只能通过 wifi 联系,但伊斯坦布尔机场又没有公用 wifi,如何告诉他我的信息?都说爱情就是个麻烦玩意儿……

在最后一刻，我终于赶到了机场。在此一定要吐槽一下伊斯坦布尔阿塔图尔克机场的国内出发厅。这是我见过布局最无厘头、最无人性的机场出发厅。从轻轨出来，首先要穿过一段极其漫长的通道，中间要拐好几个弯，每拐一个弯，你都会想"该到了吧？""怎么还没到？""有完没完，能不能到了？"在距航班起飞几乎没有20分钟的时候，终于扑到check in柜台，以为是没得飞，但服务生展颜一笑，就给了我登机牌。握着登机牌大松一口气，却没料到，后祸已伏下。

土耳其人太热情，土耳其的小朋友们更如是。在飞机上，心神俱疲的我正打算歇个美容觉好准备着会情郎呢，旁边的小美女却不断地展露甜蜜笑颜。既然这么着，姐姐就陪你玩一玩呗。身为摩登都会女子，出门在外，随身携带的含有化妆品必备，却从不含有儿童玩具。每逢巧遇小朋友的场合，唯有把小微单贡献出来充当玩具，从那以后小朋友就成了小微单的杀手，被玩得不亦乐乎。看女儿玩得高兴，妈妈也开心，特意指点我飞机餐是斋月特制，连盒子都有别于常呢。果然是。一片土耳其蓝的盒子，星月之国的浪漫和信仰。当飞机开始下降时，玩累的小美女竟然伏在我的手上睡着了。哎呀呀，这一片甜蜜温馨啊。少年"I want to have three babies with you"的话语犹在耳边。即便明知是不可能的，在听的那个瞬间却是如此温柔心动。后来也才发觉，以为是私密之语的一句话，原来也蕴含着少年的宗教信仰和政治主张。土耳其总理埃尔多安曾呼吁，土耳其妇女至少要生育3个孩子以支持国家。

唉，要怎样写接下来的夜晚呢。两个结论：

1. 老天爷是恶作剧高手。

2. 胸大无脑的摩登都会女子，不仅智商很普通，情商更是低到令人发指的地步。

这个夜晚，摩登都会女子人是到了马拉蒂亚，但是，要命的土耳其航空公司，不知把行李运到哪儿去了！这个事情太搞，以往每次出行，都是行李越精简越好，也没见丢失过。这次一心只想美美地走一趟，所以那个 N 多男人帮拎过的暴重行李箱，原来满满当当塞着的都是小女子的面膜啊、防晒霜啊、润肤露啊、香水啊，以及七八双鞋子啊，以及，为少年妈妈、弟弟精心挑选的礼物——咱们既然来自礼仪之邦，这点礼数还是懂的，另外不是还有一句话嘛：爱屋及乌。飞机着陆，我直扑洗手间，想着先补上个粉，好人面桃花相映红地回到少年面前。谁知出来一看顿时傻眼，人全走光，行李传送带已经停了，蓝色大箱没见！——这个粉到底是补了多久，有多少岁月的痕迹需要遮盖？瞬间魂飞魄散，失了主张。和工作人员交涉，那位大叔英语咿咿呀呀地说得不清不楚。让我填写行李报失单，留下联系电话和地址。

鬼知道自己会住在哪里？！

少年到了后期态度模棱两可，我感觉不到他热烈欢迎我到来的意思，于是一度自作主张地预定了酒店。在伊斯坦布尔的时候有问询过他："你是想我住你家还是住酒店？"他说等我到了再决定。我说："我不想流落街头，所以预定了酒店。"他勃然大怒："这是个小城市，他们是不会允许我进你房间的。为什么你总是不听我的？我不是小孩子了，你能不能听我的安排？"好有男子气概，赶紧地就把酒店给退了。好在 Booking 就是这点好，能免费退订。但这会儿行李报失单上要填什么玩意呢？一筹莫展，心情好坏，正想发飙，少年在身后出现，"Honey，怎么了？"在心里演了千遍万遍的重逢画面，没想到会是这样的，只说得一句"行李丢了"，再也说不出话来，任由他和大叔交涉去。面对着我的欲哭怒容正束手无策的大叔，见到少年如获救星，一连串叽哩咕噜的土语就和他说起来。在这样的深夜，这样完全陌生的地方，看到日思夜想的人儿就在身边，虚幻的感觉是如此强烈。把头轻轻靠上少年的背，深深呼吸那思念的味道。

少年不知从哪里搞了个车等在机场外。远远地向车走过去时他就说："Honey，我弟弟在车上，你一会儿不要碰我。"遂放开我的手。心一凛，尚沉浸在行李遗失的沮丧中又掉进另一层沮丧。少年以前说过："我所有平辈亲朋都知道你要来，但只有妈妈知道你是我的女孩，在其他人面前你要和我保持距离。"我只是笑应了，没想到是来真的。读万卷书不如行万里路，书上可没告诉我传统穆斯林不能擅自谈恋爱，这一行万里路，可算是慢慢感受到了。

车上有少年的朋友和弟弟。他们都很害羞，几乎不敢看我，也不会说英语，一片沉默。窗外黑漆漆一片，马拉蒂亚机场离市区还挺远的。少年问："你喜欢这里吗？"虚弱地笑，一来到就丢失了行李，窗外又什么都看不见，你又不让我碰你，叫我怎么说喜欢？

车子好像开了很久很久，终于在一排楼房前停下。少年示意我下车，然后和弟弟他们说再见。满心疑惑地跟他上楼，门一开，好大一个屋子，杂七杂八地堆了很多东西，我才明白这是让我住的地方，不是住家。少年解释说这是他妈妈存放货物的屋子，我的失望和疲倦难以言表。他之前说找了一个地方可以让我们待在一起，就是这样一个地方？！连床都没有，只有沙发！

世事就是这样，计划越是完美，越容易出纰漏；期望越高，失落越重。与少年温存过后，他说的每一句话，都能给我此刻低落心情的一丝慰藉，就像抓住骆驼身上最后的一根稻草。可当我伏在他胸前，他抚着我的发，问出的竟是："Honey，你什么时候走？"我才到，你就问我什么时候走？心一凉，"你希望我什么时候走？""两天后。"也太无情了吧。万里迢迢就只有两天？难道真如许巍唱的那样："我只有两天？"我怒了。少年很无奈："但两天后我要去安卡拉参加叔叔的婚礼了。"不要听——愤怒的情绪在扩大，我拎起小包包就想夺门而出，少年大惊："你要干什么？""你想我走，那我现在就走！"

——所以说童年的时候千万不要看太多 8 点档啊，影响深远啊。"Honey，你不要这样。你为了我来到这里，要是让你这样走掉，妈妈一定会骂我。"我才不管。但土耳其的门就是跟我有仇，永远都打不开。住在埃森家的时候，他去上班，我出去晃荡一圈，回来后就打不开门，还是请邻居帮忙才开了的。在少年这里，扭不开门，少年又把我圈住，大怒之下，返回沙发坐着，黑着脸一声不吭。

当少年说他一会儿得回家时，我已经连气都生不出，挥手让他赶快走。其实心里已经打定主意，待他一走，就要离开这里。但少年不傻，或者说他已经对我的臭脾气太了解，"Honey，你为什么催着我走？我走了你千万不要一个人出去，这里没有女生晚上独自在街上走的。我不放心你，我得把门锁上。"我下意识地探头往窗外看，研究如果他真的把门锁上是否可跳窗而出。他叹气："走，我们一起回家。"一语又触动到我的委屈处，"如果你希望我住你家，为什么要带我来这里？""Honey，你要知道。如果在我家,有弟弟他们在,我是连你的手都不能碰的。所以请求妈妈给了这里的钥匙,就是希望和你单独相处一会儿。"我无语。但行李没有了,化妆品没有了,礼物没有了,怎能去他家呢?——事后才反省,这是多么可笑的心理,多么低的情商啊。当最想要的东西已经在身边时,为何要絮絮念叨那些无关紧要的身外物呢?但那时,就是那样傻。少年说:"要不去我家,要不去酒店,反正不能让你单独留在这里。"我选择了去住酒店。

少年临走前一再叮嘱夜深了不要独自上街。他前脚才走,我后脚就跑到街上,满大街地找牙膏牙刷买。不化妆还能活,没得刷牙活不下去。街上果然没有什么女人,全是一群群男人。饿了摸进一个小饭馆找东西吃,满屋子的男人齐刷刷地盯着这张不知从哪里跑来的东方面孔看。你看你的,我吃我的。心中还是太生气,于是吃了好大一盘茄子炖肉拌饭,才有力气继续生气。By the way,这是前后在土耳其那么多天,性价比最高的一个小饭馆。也是在这个小饭馆里,第一次接触到了那个洗手的环节。就是客人坐下,他们会递上一瓶香香的水,在你手上滴上几滴,凉凉的,抹一抹手,又香又润泽,颇有中东风味。是的,这是靠近中东地区的土东城市了。

饭毕,穿着红裙走在凌晨颇有凉意的街头,想到明天还得继续穿这身衣裳。女为己悦者容,带了那么多漂亮衣服来,这下都白搭,不禁悲从中来。

4. 备用不是开玩笑

什么是真爱？就是你见到 Ta，就不由自主地笑了，开心了。这种化学反应的事情，是没法用理智解释的。

在马拉蒂亚的日光中醒来，看着晾在衣柜前的红裙，昨夜的情景如潮水在脑海里回放。强迫症会被生活许多琐琐碎碎的细节所折磨。就像昨晚，那么累那么伤心，还满大街地去找牙膏牙刷，且把红裙洗了，即便今天还要穿同一件衣服，也要穿得干干净净清清爽爽。有时真的是花太多力气来关注这些细节，就丧失了做大事的精力。——其实有什么大事啊，说得跟真的一样，全是不能创造 GDP、虚掷光阴的儿女情长。

少年说 11 点会过来，带我去商场买换洗衣服，因为不知道行李什么时候能找回来。可日影渐移，午时已至，人影不见，我又渐渐地火大。太良好的职业习惯，养成太守时的原则，或许也是快生活过惯，心里总有一把小火在催，光阴易逝，所以等待总是会让人渐渐暴怒。怒到一定程度，杂物一收，背起小背包就准备退房走人——你让我失望，我就玩失踪，给你的生命留下永久的遗憾——这种想法是有多幼稚啊。正和前台核对费用，因为语言不通又暴躁到想捶桌子。突然间少年就进来，一看到他，我就忍不住地眉开眼笑，表情转变得太快，前台都忍不住笑了。就是有这样的巧合啊，他晚几分钟到我都已经走了。现在呢，房也不退了，继续住着，先去买衣服。

这是我俩第一次一起去逛街，这恐怕也是少年第一次陪女孩子逛街吧，我俩的表情都很怪。一向独来独往的自己，逛街也是快刀斩乱麻，只要看上了付钱走人即可。这次却挑了一堆衣服抱到他跟前让他过目，因为之前他警告过我，马拉蒂亚风气保守，不要穿太过暴露的衣服来，但这是个什么样的标准我没标准，所以得让他看看成不成。如此低声下气的小女人姿态，因为有新鲜感，偶尔做做也无妨。正试衣试得欢心，机场电话来了。少年说："你很幸运，行李找到了。"想来，怪就怪我自己，昨晚太晚到机场，航班起飞在即，就把我行李给落下了，随早班飞机才抵达。

催着少年去拿行李，他却说等等，要找辆车，打车去的话太贵。"那坐 Havas 去嘛。"我理所当然地说，也是为了显摆自己已经是个土耳其通，连 Havas 都知道。少年哑然失笑："这是个小机场，一天就几趟航班，不是所有时间段都有 Havas 的。"

看看，什么叫惯性思维！想起那次问钧哥："旅行于你的意义是什么？"钧哥答："人都是有很大惯性的，在一个地方待的时间久了，就会习惯于这个地方的东西，慢慢变得麻木，会有一种很安逸的、麻木的感觉。我喜欢旅行，是因为每次换到不同地方、不同环境里，会变得更敏感，会去感受新鲜的东西，所以，我不是喜欢一直在一个地方待着的人，待一待就想去另一个地方。人生就是这样，跑来跑去的，就是在路上。在路上的这个过程最快乐，有一种新鲜的感觉。"

深以为然。

惯性对于很多人是福分，对于我们这种人却是禁锢。惯性思维和理所当然的态度,都是需要警惕的。所以选择行走,来不断刷新自我的世界。我父亲觉得世界上最好吃的东西,就是我母亲做的饭。但我没有这样知足的福分,什么都想尝尝,什么都想试试,并把最好吃的,留给未知,即便这个未知是难吃到要吐出来,或者是没得吃。

对了,这是斋月,白日里不能吃喝。因为要找车等车,少年拉我到商场里的汉堡王坐下,问要不要吃点东西休息一下。摇摇头。他说:"你可以吃的,没有问题。"那不行,虽然已经又饿又渴,也要继续装下去。斋月里凌晨三四点钟吧,他们已经吃早餐,到了这会已下午两点多,少年已经近10个小时不吃不喝,看着他不断抿唇的干渴样子,又怎能当着他的面吃喝。

虽然马拉蒂亚是通往被誉为世界八大奇迹之一的Nemrutdagi(内姆雷特山)的重要门户,但机场真是个小机场。从来不知道小机场在没有航班的时间段内是会关闭的,这下又长了见识。机场大厅内黑乎乎的,没人,连灯都不开,工作人员都午休去了。等了好久,才等来掌管行李的工作人员,又是叽哩咕噜的土语,一个字都听不懂,要不是少年在,只能谷歌帮忙了。看着他跑进跑出地为我奔波,不禁满怀柔情,一起蹲在地上检视行李箱时,情不自禁地低头亲了一下他胳膊,他一瞪眼,"Honey,别亲我。"哎呀,我的情郎哪儿去啦? 我满心困惑。拿了行李回酒店,少年跟着把行李送回房间,不到5分钟,前台已经上来敲门,提醒他该离开。真让我领教这是什么地方? 什么风俗习惯? 我关上门,急急地拿出水来"咕咚咕咚"喝完一整瓶,才缓过神来。大热天的快渴死了。少年是叫了他阿姨开车去机场拿行李,同车的有他表妹,浓眉大眼的害羞少女,也渴得直抿嘴唇,我自己是狂吞唾沫。

这绝对不是一个恋爱的季节,空气里都是干渴的味道。所以少年前脚才走,我后脚就狂喝水,但这会儿才下午5点,还要两三个小时后穆斯林们才能开斋呢。看来以为是自己闹情绪了不住在少年家,但原来可能是安拉知道我吃不了这样的苦,冥冥中做出这样的安排。安拉好忙啊!之前看到有人曾经这样说:每一次波澜壮阔的旅行,神都要安排好多事情。深以为然,也深表感谢。

不只是神,少年虽不让我亲他,这次重逢也远不是我所期望的样子,但其实他也有在默默安排一些事情的。他在尽量让我快乐,当时的我却并不知晓知足。从前我曾说过,当我们再在一起,希望做一些人们在恋爱的时候都会做的事情,比如很罗曼蒂克地去喝个咖啡逛个街、看个电影什么的。这一晚,他就带我去喝咖啡。不过,英语里的去喝咖啡在土耳其通常意思是去喝茶。当然也有真喝咖啡的,但茶更普遍就是了。他带我去和几个朋友一起喝咖啡。朋友当然全都是男的,当然全都很好奇而热情,嘻嘻笑。我问少年他们在笑什么,"我说你是我的女孩,他们都不相信。""为什么不相信?""在我们这里,男生和女生不能自由谈恋爱。如果教父教母知道我在谈恋爱,并且有做过那事,他们会杀了我。"我瞪大眼:"真的?""真的。"其实我觉得他有点夸张啦。

这的确是个浪漫的夜晚。第一次抽了土耳其水烟,甜丝丝的味道虽不喜欢,但还是抽到有点晕乎乎。周边全是本地年轻人,以男生为主也略略的有几个女生。原来他们的主要休闲娱乐就是这样:喝喝茶,玩玩西洋双陆棋,抽抽水烟。眼前的景象太地道,又有至爱的人儿在身边,就忍不住地犯了猎奇游客心态,摸出小相机想记录一下,才胡乱地"咔嚓"一下,就觉得这种行为实在是太突兀、太肤浅,赶紧收起来。最美好的时光,其实都是不能记录的。就像喝完咖啡,少年和朋友们一起送我回酒店。林荫树下我们牵手走着,少年突然用力紧握一下我的手,一如初次相见,初次牵手时,他就这么用力紧握了一下。怦然心动。知道他此时一定感觉幸福,而我也是。

那一晚,我们就真的只是喝咖啡而已。

5. 在错的时间里来到杏树下

游客来到马拉蒂亚，通常只有一个目的：Nemrutdagi，游客习惯将其称为人头山。简而言之，就是自恋山。这座山告诉人们，人类自恋的历史至少可以追溯到公元前 1 世纪，所以今日各等小女子、孔雀男们玩玩自拍，"污染"一下朋友圈，或者发发帖子声泪俱下地倾诉一下自以为是的爱情故事，这根本不算什么，只是继承了远古先人的光荣传统。公元前 1 世纪统治这一地区的科马吉尼王国的国王安条克一世实在是太爱自己，爱到认为自己成了神，遂令人为自己雕刻了巨大石像，连同宙斯、阿波罗、赫拉克勒斯等神灵的石像，一起放到 Nemrutdagi 山顶，俯瞰众生，供人膜拜，并在这里建起神庙作为自己的陵墓。自恋到一定程度，上天还是会看不下去的。不知是哪一年哪一天，寂静的历史突然地动山摇，一场地震，震塌了大部分石像，硕大神头咕咚咕咚地掉到地上，高高在上的神，就这样接上了地气。所以说，到 Nemrutdagi 与其说是看古迹，不如说是看千秋万代，浮生如梦。

这样的道理我早就懂。所以尽管到了通往 Nemrutdagi 的主要门户马拉蒂亚，上不上山，倒不是那么要紧。与看神头相比，我觉得情人的头更有魅力；与瞻仰神之灵光相比，我更想膜拜情人的雄风。但情人嫌我，阻碍了神圣斋月里他的修行，只愿我早点离开,那就退而求其次地去亲近一下神吧。只是,不光人和人之间讲缘分,人和一个地方之间也是讲缘分的。不巧那两天有一些工作上的事情需要处理,需要一个安定、能正常使用 wifi 的地方,奔波在上山下山的路途上显然是不实际的。摩羯座的现实主义此时显露出来了,工作为重,那就离开马拉蒂亚,去往先知之城尚勒·乌尔法,找一个安静的院子待着,默默地脱下水晶鞋,直面惨淡的人生吧。过自恋山而不上,人生又留下一些迂回曲折的遗憾。

马拉蒂亚为世人所知,除了自恋山,还有另外一种更鲜活跳脱的事物:杏。土耳其的杏脯甜蜜了各国人民,而马拉蒂亚则是土耳其的"杏都"。"6月末的收获季节一过,几千吨甘美的杏子用船运往世界各地。"关于杏子,不好意思,又要放大到世界观的问题。不到西北,焉知杏之甜?也许大部分南方人想起杏子,第一反应就是酸。不怪我们,南国不产杏,夏天市面上偶尔能买到北国运来的杏子,都是生生酸倒牙的。但到新疆时,我和我的小伙伴们都惊呆了,这杏也太甜了吧!过往的印象全被推翻。一杏而知世界,谁知道在我们的认知中,还有多少冤假错案等待着被平反呢。我可怜的、美丽的、甜蜜的杏啊,原是中亚、中东的上品佳果之一。作为杏都,马拉蒂亚长途汽车站的建筑以及市内公车都是以杏子的黄色为基调的,公车上还有杏子图案,非常有爱。而我和少年之间的杏事是这样的:

有一天我问他:"Baby,书上说马拉蒂亚出产世界上最好的杏子?"

他笑眯眯地说:"是啊。"

"喔,那春天开满杏花时一定很浪漫。"

所谓浪漫至死的爱情，想来也如同波澜壮阔的旅行，要劳烦上天安排许多事情，要花都开好了，你是我的，我有爱了，世界就拉上天窗了。但，最重要的是爱情这种东西，神出鬼没，上天也会为难吧？

这一天，驱车从一片杏树旁经过，后座的我，默默地看着前座的他，如此遥远而陌生。

其实此时的我，不应做过多旖旎想象的，这一天摩登都会女子所扮演的角色，是贤妻良母，照顾着车上两个小天使小公主呢。

除了带我去商场买衣服那段短短的时光，这两天，少年就完全不给我们单独呆着的机会。去接机，带了朋友和弟弟；去取行李，有阿姨和表妹；喝个咖啡，一群朋友；这一天，带我随意溜达，又有朋友，甚至出动了朋友的女儿，两个甜蜜小人儿。

小人儿们一开始都很害羞，我事先也不知道会有小朋友，又一次包包里空空如也，什么玩儿的都没有。但是不怕，我们都是漂亮 Lady，可以一闪一闪亮晶晶地涂涂唇彩。土耳其的小女孩们都很爱美，小小年纪已经爱上化妆，涂好唇彩后，小人儿们都满意地笑了，也不害羞了，车内一片和乐融融。少年转头看着我们笑，甚为开心。天啊，是多喜欢看到他开心的样子啊！这一趟来，无论多么失落，也是值得的。

在伊斯坦布尔时，我们都是异乡客，彼此不明来历，只是因为第一眼而相互吸引，浪荡女以为遇上浪荡子。而现在，渐渐看到了他宗教、亲情、友情的层面。如果安拉要以少年为引子和诱饵，带我摆脱游客的走马观花，真正往他们的世界里面走一走，这个圈子，委实兜得太大以及用心良苦。但我的确开始在读鲁米的书，其中有一个片段讲述"你是怎样杀死你的雄鸡的（在鲁米的语汇中，雄鸡是性欲的象征）？"他们说："像游戏一样不断把一组欲求转化为另一组欲求，让它们在不断转化的过程中消解于无形。你在河中放上任何障碍物都不可能抵挡河水的力量，倒不如一任河水自你身上潺潺而过。从那自你身上流淌而过的河水，你将能领略到什么叫清新与深入骨髓的欢娱。"

我在顺其自然地领略着这些话语的意思。

这一天，还巧遇少年的父亲。

我们正在商场里溜达，一身白裙的贤妻良母一手牵一个小人儿，照应着她们上下扶梯，非常地专业！一回头发现少年正跟几个人在打招呼，贤妻良母就牵着小人儿们在一边安静等候。须臾，少年迈步上前向我介绍："这是我父亲。"我一惊，传说中那个抛妻弃子的 Turkish style 的父亲？但摩登都会女子什么场面没见过，遂淡定并笑容满面地伸出手来："Nice to meet you."招呼打过继续在一边安静等候。告别的时候，我深深地看了他父亲一眼，他父亲也看了我一眼。

好险，这一天没穿低胸装。

之前曾经有一次问少年："既然父亲对你们不好，为何你还要听他的？"少年正色警告我："好与坏，他都是我父亲。你不要再这样说。"

人大多有两面性，一面黑一面白，只不过通常有一面是隐藏的。有时我觉得自己就像出现在少年世界里的西斯，原力黑暗面。她爱他爱得辛苦，而他，也难免身陷矛盾。

一天渐渐过去。我们去了商场，经过了老城。整个土耳其就是个大古董，久远的历史、交替的文明在这个国家无处不在，即便是在马拉蒂亚,这个安纳托利亚东南部并不以旅游见长的城市,一座老城,历史动不动也要追溯回公元前。后来在安卡拉博物馆,见到大批出土自马拉蒂亚的文物。不过在那时,光看到马拉蒂亚这个名字已经令我心如刀割,不忍细看。

  日影西下,阳光渐渐变成金色。小人儿们都玩累了,伏在我膝边睡着。我们驱车回城。我从后视镜里看着少年,他也看着我。他把手举到脑后,我握上了他的手。马拉蒂亚也许还有很多遗憾,比如巴扎还没有走一走,杏子还没有吃一吃,杏市还没有去手信一下,清真寺还没有坐一坐,我却已经没有精力和时间了。第二天早上6点,就要坐巴士前往尚勒·乌尔法。少年说他将在忙完一系列事情后,加入我的旅程最后一站——地中海小镇 Kas。但我对我们是否还能再相见,却已经心里没谱。

  翌日,晨早5点半,少年已经到酒店来接我前往车站。这一次,居然是他开车来的。前两天都是他朋友、阿姨什么的,我都不知他还开得一手好车。当然,同行的还是有弟弟。这么早劳烦人家,我也颇有几分过意不去。弟弟也是有分工安排的,到了车站,少年示意他:"把礼物拿出来。"嘿,原来妈妈准备了一些手工头巾和手链。这个独自抚养3个男生的女子,辛苦是一定的了,但看得出来,少年很爱并且很尊重妈妈,所谓人生,得失有之。

  一个小细节我总记得。我的行李箱上贴满了航空标签,在等车的间歇大家不知说什么好,少年就蹲下身想撕掉箱子上的标签,弟弟也立刻蹲下身帮忙。我一时忘了规矩,一手按到少年手上:"让它们去吧,不用管。"少年脸都红了,手一缩,不好意思地笑,而他弟弟的脸上写满惊异。这样的刹那间,摩登都会女子都能观察到,犀利。

  终于上得车来,少年四顾无人留意,抱住我亲了一下,"Honey, take care."他就这样消失在视野里。未知的旅程又开始。

第四章

尚勒·乌尔法，生命交错的理由

话说那天，一早被少年送上了车，离别虽然令人难过，但我还是晓得，旅程在这一刻，才算真正开始。为情所困就蒙了眼慌了神，无暇顾及周遭，也无精力接触更多层面。安拉的安排虽在彼时彼刻感觉那么无情，劳燕分飞地伤了人心，事后回想，若非如此，我又怎能有更多令人眼花缭乱的故事。如日日两人厮混，顶多也就一部情爱小说，何来广度深度高度可言！作为摩登都会女子，总是要追求低调奢华有内涵，所以，再次孤身上路，是命中注定的。

1. 似是而非搭便车

文化人一上车，首先被土耳其大巴的高科技震惊了。传说中土耳其大巴有 wifi 开放，果然是真的。当然 wifi 不是每趟大巴的标配，具体坐的班次有没有得看人品。文化人那天的人品不错，第一次在土耳其坐大巴旅行就碰上了 wifi，于是难免很嘚瑟地在车上给众亲朋好友报告一轮。巴士上每个座位还配小电视屏幕，可选节目观看，加上还有车来回穿梭分发饮料点心，待遇简直是直逼 A380，高端大气上档次！长了见识的文化人左摸摸右看看，再顺便看看左邻右舍有没有帅哥出没，还没忙完呢，已经一两个小时过去。大巴中途停站，不知哪里来的人又查看了一轮车票，然后看着文化人的车票傻眼，跑去和其他工作人员叽叽咕咕，末了示意文化人拎上手提行李跟他下车，他再走到行李厢把蓝色大箱扛下，放到另一辆大巴上，示意文化人上车。这难道是传说中搭便车的意思吗？既然他没让我掏钱，语言不通，问也问不出个所以然，上就上吧，淡定坐下，继续在新巴士上观察左邻右舍有没有帅哥出没。

大巴跑啊跑，窗外 8 月盛夏安纳托利亚那个骄阳烤啊烤，高饱和度的蓝天上朵朵白云飘啊飘胡思乱想间，大巴又停下，车少径直向我走来，又是一个示意。"为什么，下车的总是我？到底我是做错了什么？"不过是多看了几眼帅哥（对不起，歌词又上身了），站在烈日下我迷茫了。比上一次换车还糟糕，这里就是茫茫荒野中的马路边嘛，尚勒·乌尔法影儿都还没见，他们是要怎样？把我晾在这里？抛尸荒野？有大将风度的文化人默默地看着车少把蓝色大箱又扛出来，静待剧情发展。

车少满头大汗地向我解释什么，我微笑摇头表示不懂。车少越发急了，眼睁睁地挥手搭凉棚看道路尽头有没有其他车辆过来。时光在这里好像静止了，一车人都在默默地等。眼见来了一辆小巴士，车少兴奋地跑上去拦住又失望地跑回来。这时，一个农民伯伯模样的人出现，和车少交谈数句，车少塞了张钱给他，满脸歉意地向我解释了什么，急急跑回车，车开了。他们就这样把我移交给了这个农民伯伯！

最终，来了一辆小巴，农民伯伯把我箱子一扛，往车上走去，那我无论如何得跟上。车里满满都是人，看着这个不知从哪里冒出来的东方人颇有几分好奇，又礼貌地控制住自己的好奇心，只给我报以热情微笑。疲倦地坐下，冲农民伯伯笑笑，开始抱头睡觉。太累了嘛，一早起来，又是这样的高潮迭起，要先歇歇。才不管这小车是要开往哪里，就是有这样的信心：他们总会把我送到尚勒·乌尔法。

2. 中东宅院的凉

先前那个小巴，到底是把我送到了乌尔法，下车后农民伯伯问我要去哪里，我把 Urhay Hotel 的地址递给他，他就去问人。末了又买冰凉的饮料给我解渴，车少是给了他多少钱啊，要帮我付小巴车费还要这样热情照顾？Urhay Hotel 是在乌尔法老城区里，总算有出租车司机知道地址了。和农民伯伯握手道别，他脸上笑开了花，这一程他的责任总算是可以放下。而至于为什么从马拉蒂亚到乌尔法，换了两个大巴还要换小巴，是我上错车，还是他们把票卖错？这是个悬疑，我也懒得去求证了。曾经有网友说过，土耳其的事情，还是不要搞得太清楚。重点是，最终我安全抵达，而且换来换去，全程没有自己提过那个行李箱。这真的是雄性的世界！

坐在乌尔法 Urhay Hotel 荫凉的庭院，用服务生递上的凉凉的香香水净了手，总算缓下神来。安纳托利亚 8 月的大太阳真是要把人晒熟的节奏，一定是真爱太急不可待，我才会选择这个季节到土东南，连防晒霜都要多带几瓶，旅行成本奇高。

乌尔法的新城区平淡无奇，不过是哪儿都一样的混凝土建筑。当出租车七拐八拐进入老城巷子里，我开始打起精神来，而一进入 17 世纪风格石头建筑的 Urhay Hotel，瞬时阴凉下来。无论是客厅摆设抑或庭院设计，中东风情扑面而来，最重要的是那净手的香香水都是装在一个精雕细琢的传统银壶里（或者是铁壶，反正都美），瞬时就有情有调起来。除此之外，Urhay Hotel 的服务生又都是年轻男子，统一穿着白衣黑裤，清清爽爽，甚得我心。进了风格古朴的房间，坐床上看着高高石墙上窗外的树影蓝天发呆，庭院里有鸽子咕咕叫。很累，需要在这里好好休息几天。

说到 Urhay Hotel，还要插播一件心酸事。整个 hotel 是围绕着庭院的方形建筑，我住的房间是二楼，是这一面的顶层（别问是东南西北哪一面，方向感不清），大夏天的太阳直晒，白日屋里颇有点烤，好在有空调。有一天早上，前台小哥用结结巴巴的英语问我要不要换房间。至于原因他也解释不清，就直接拉我上去看房间。这个房间在二楼的另一面，走进去阴凉很多，我才留意到这一面是有三楼的，也许就是因为他们觉得我原来的房间太热了，现在这边有空房，好心问要不要换。当我一进去，惊呆了。巨大的房间 4 张床啊！明明就是热闹幸福的家庭间，但叫我孤家寡人的情何以堪……不换不换，白辜负了前台小哥的一番好意。

只是，该来的总会来，独睡 4 床的凄凉我后来还是躲不过的，这又是后话了。

3. 装的就是高级

那个傍晚有如在梦中。

坐在传说中先知易卜拉辛（亚伯拉罕）出生地的那排洞穴前，怎么都想不明白自己为什么会来到这里。西亚的阳光太强烈、穿透力太强，尤其是在这样的盛夏，傍晚从西边倾洒下来的阳光铺天盖地，在睁不开眼睛的光线的海洋中，有如踏往天国的幻觉大道。但这天国，显然是非常陌生的天国。陌生到令"我是谁，我从哪里来，我将往哪里去"这样苦大仇深的哲学命题自然而然地浮起。面前这座山，山下这排洞，洞边那个清真寺，清真寺外的回廊，回廊上坐着的一个个头巾妹、胡须男，还有这整个建筑群所挂钩着的那个先知传说，与我过往的生活、生存语境、文化认知没半毛钱关系。

来到乌尔法，是因为到马拉蒂亚找"艳遇"，顺便过来了，而且它是个边境之城，我总是对边境之城有莫名其妙的兴趣。这个边，指的是叙利亚，此刻世界上局势最险恶的地方。在不足一个礼拜前，叙利亚一个迫击炮弹一扔，又过界，扔到了乌尔法。走这么一趟，隔岸观火，闻闻硝烟的味道，也表示咱是有故事的女同学，玩儿的就是档次嘛。

面前的乌尔法，一片安乐祥和。傍晚时分，很多人都到这包括先知出生之洞穴、圣洁鱼池、数座清真寺在内的城中最著名的景观区漫步、闲坐、唠嗑、放空。虽然不怎么在意这些古迹、文化，来已来了，就科普一下。据说易卜拉辛（亚伯拉罕）是犹太教、基督教、伊斯兰教共同的起源之人、先知，是希伯来民族和阿拉伯民族的共同祖先。传说，他就出生在乌尔法这座 Damlacik 山下的这排洞穴里——因为当年统治这个地区的亚述国王尼姆罗德梦到自己的国家灭亡，祭司预言说那一年出生的孩子将会夺取他的王位。国王一听这还了得，马上下令全国屠杀婴儿。易卜拉辛的母亲聪明啊，躲到这洞穴里生下了他。这一躲就是 7 年，天可怜见，7 岁才重见天日，回到父亲身边。且不论这传说真假，能看出来的倒是——土耳其洞穴真是多。也许一方面是地形地势使然，一方面是宗教、政权更替引发的迫害与躲藏。最著名的当然是卡帕多西亚，到处都是鸽子屋，到处都是地下城。虽然我自己没有去看，但后来在底格里斯河上的要塞 Hasankeyf（哈桑凯伊夫），也被带去看了一大片的洞穴屋。

围绕着先知易卜拉辛诞生地之洞穴这一带，是数个清真寺。就是正挨着洞穴这一个，应该是叫 mevlid – I halil camii 吧，庭院里的水渠设计，令我想起最爱的建筑师路易斯·康最抚慰人心的作品——位于美国加州、面对着太平洋的沙克生物研究所 Salk Institute for Biological Studies，同样一脉水渠，一样的光影变幻，神秘安宁。我就这样意想不到地在这个完全陌生的中东边境之城，邂逅了心中旧识。

黄昏在水面上投下金色的光芒，渐渐地变幻消退，鸽子在水边咕咕鸣叫，时而振翅飞翔，人声来了又去，夜晚即将来临。想起自己曾坐在柬埔寨暹粒一个不知名的寺庙庭院里，静看一棵大树上白色小花随风飞落，也曾坐在菲律宾小镇卡利博的天主教堂里看玫瑰花窗的瑰丽光影，曾漫步于拉萨甘丹寺寂静无人的石阶，看秋光消逝前最后一刻的草长莺飞，也曾在悉尼的圣玛丽大教堂请了一个雨过天晴色的十字架链子围于手上……具体的宗教归属并不是必需的，精神的寂静安宁，却往往在这样的旅途时刻邂逅。而一个宗教建筑遍地并免费向所有人开放的城市，是值得热爱的，即便不是为了敬仰具体某位神，只是来静坐静坐，心灵已经得到了呼吸。

4. 一生这样够不够

在土耳其游荡，脑子里就没怎么出现过门票这个概念。当然，博物馆通常是要收门票的，但是融汇到城市生活中活生生的那些东西，通常不以门票的形式出现。乌尔法最为人熟知的景点有两部分：位于 Damlacik 山上的城堡，以及易卜拉辛诞生地及圣洁鱼池这一块。城堡似乎是要门票的，我没进去过不确定，但按 2010 版的《走遍全球》，门票也就 2 里拉的事。除此之外，你随便逛吧。伴随着易卜拉辛诞生地及圣洁鱼池的，是一大片城市公共空间，草坪、玫瑰花圃、绿树成荫、广场、清真寺。全部打包价：零元。更别提这个城市真正让人心动的东西——那些老房子，进去看分文没掏过，老房子留着后面说；还有这个城市周边那些动不动就几千年上万年的东西，也完全没有什么高价门票一说，这些也留着后面说……

既然已经一再提到圣洁鱼池，也就顺便常识普及一下：传说当年，易卜拉辛四处散播一神论，激怒了国王尼姆罗德于是尼姆罗德就下令要烧死易卜拉辛。此时，伟大的神当然就要出现了，不然后面哪儿还有故事。传说伟大的真主，把国王熊熊燃烧起来的火变成了水，而火中的煤块，变成了鱼。至于已经被扔到火里的易卜拉辛本人，很潇洒地进行了一下升天运动——被抛到空中，而后很浪漫地,安全降落在一片玫瑰丛中!(当然,在犹太教的版本里,这个伟大的神,是上帝)这就是乌尔法圣洁鱼池的故事。

且不管可信不可信,这一带的景观还真好,池里的水很清,鱼很肥。——根据当地传说,捕捞这里的鱼会失明。鱼池旁边又是有了数百年历史的清真寺,很明显,当年下令建造这清真寺的领导们很有艺术眼光,潋滟池水映着清真寺,就成了经久不衰的画面构图。但要拍一张蓝色夜空加美貌灯光、金色水面的清静画面也不容易,因为鱼池边总是人来人往。当然啦,又不用收门票,时不时来散个步,多好。好在斋月里,当夜晚降临的那一刻,所有人都迫不及待地跑去吃吃喝喝了,就这样,等到了圣洁鱼池的宁静夜色。而传说中先知降落的玫瑰花丛,依然存在于鱼池附近。黄昏时逆光中的玫瑰,衬着后方远处不知哪个清真寺的宣礼塔,竟犹如通往魔教光明顶之路的意象。乌尔法,是这样美!

先知之城乌尔法向我展示的美,在我身处 Damlacik 山时达到了登峰造极的地步。Damlacik 山就在 mevlid－I halil 清真寺背后。实际上易卜拉辛诞生地、圣洁鱼池、Damlacik 山,还有那几个完全分不清名字的清真寺,全部都在一个区域内,相隔很近,彼此间步行也就几分钟的事情,非常宜人。山上有乌尔法城堡,算是该市的地标景观。城堡修建的年代说法不一,有说是赫梯时代的,有说是古希腊时期的,有说是拜占庭时期的。总之一个字,老;两个字,古老;三个字,很古老……里面据说有 25 根高达 10 到 15 米的石柱,其中最引人注目的两根石柱高达 17.25 米,圆周长 4.6 米。令人浮想联翩的是,据说在东面石柱之上 3 米的位置有用古叙利亚语写就的碑文,上书:"我是指挥官 Barsamas(太阳之子)的儿子 Aftuha。我将这个石柱和上面的雕像献给国王 Manu 的妻子——Salmeth 王后。"

我尽管上了山,城堡嘛,最终并没有进去——太随意太不敬业的旅行者了。不知是傍晚上山,时间太晚,还是城堡在维修,通往城堡的那条小路有铁栅栏围上,而另一条分岔路可以继续直往上走,山顶上好像是个墓园。我在山边静坐。整个城市的景色,就这样在眼前蔓延展开。光,又是光,落日之光,神秘之光,浩浩淼淼的光,漫山遍野的光,在远方天空翻江倒海,宏大壮观,而世间红尘霭霭,余晖流连。看呆了,看傻了。只觉自己何德何能,邂逅此时、此刻、此地。有时觉得,一生这样,已足够。

虽然精神上已经到了此生无憾的境界,但肉身还是要精心伺候的,饿了饭总还是要吃的。难得我会推介吃饭的地儿,Cift Magara 真是乌尔法吃饭的绝佳好地方,值得一去。这个餐厅就建于 Damlacik 山崖的洞穴里,位于去往山顶的路上。虽说洞穴餐厅已经算有特色,但其真正的魅力在于位于路边:看着暮色,吹着凉风,俯瞰城市景观的露天席位。一句话,景观好,情调好,吃的也不赖。《LP》推荐这里裹着麦粒的油炸羊肉丸 Icli Kofter,因我对羊肉和干巴巴的东西都没什么兴趣,试着要了份铁盘小牛肉,汁浓肉香!看到大饼就头痛的人,裹上这小牛肉,也消灭了一大张饼;并且在这里,开始爱上用手工铁碗盛着的那种听起来名字像是"阿兰"一样的酸奶,凉凉的很定神。如此良辰美景,难免会惆怅——如果爱的人在身边,该有多好。但一个人,也还是吃吃喝喝得很开心。

我爱乌尔法。

5. 这个车，上，还是不上？

这一天，吃过早饭，坐在 Urhay Hotel 美好的院子里开始发愣。我到这里已经三天。说是来看幼发拉底河的，但河在哪里影儿都没见。应该要去的那个名叫 Harran——人类在地球上最古老的居住地之一，《创世纪》里说亚伯拉罕（易卜拉辛）按上帝的指示，从尚勒·乌尔法出发，沿着幼发拉底河前往下游的约定之地迦南（今以色列），中途曾在此居住过几年的地方，也还没去。实际上不仅还没去，我是对怎样去这些地方，还一点概念都没有。来之前，就没有做功课。来到后，每天忙于涂防晒霜，街巷老房子里到处钻，被可怕的太阳晒到不停地迷路，一天天也就过去了。后天就要离开这里了，才惊觉几乎什么都还没做。摊开酒店给的地图研究半天——顺便说一下，Urhay Hotel 给的这张乌尔法旅游地图很管用，《LP》上的资料太有限，《走遍全球》更是所述甚少，按《走遍全球》的意思，看过乌尔法城堡、先知诞生地洞穴、圣洁鱼池，就该卷铺盖走人了。乌尔法旅游地图上一面详细列出了整个乌尔法省的闪光点（对的，尚勒·乌尔法不只是一个城市，还是一个省。以前这个地方的名字只是叫乌尔法，但1970年代时隔壁城市安泰普，更名为 Gaziantep（加济安泰普），意为"英雄的安泰普"，伤了乌尔法人的尊严，因此他们也更名为尚勒·乌尔法,意为"光荣的乌尔法",这下皆大欢喜了),另一面详细标出了市区内值得一去的景点。

土耳其旅游局官方资料上如此介绍乌尔法:"尚勒·乌尔法是美索不达米亚(Masopotamia)地区最古老的居留地之一,靠近水域和贸易交叉路口,地理位置优越,在整个历史上都起着举足轻重的作用。尚勒·乌尔法就像一个露天博物馆一样,里面展示有各种房屋、街道、巴扎、旅馆、澡堂、喷泉、桥梁、清真寺、城堡和城墙。因为很多一神论宗教徒(包括 Sabiism 和 Abraham、Job、Elijha、Jacob 等先知)都居住在这个城市,所以这个城市又被称为'先知之城'(City of Prophets)。这个城市有很多艺术家、音乐家、作家、诗人、手艺人、民间舞蹈和美食,每一样都在向我们展示着这个城市的文化价值。"所以我知道我为什么会喜欢乌尔法了,文化人来到文化城嘛,呜……显而易见,乌尔法人是很为自己的城市自豪的,只看地图上,密密麻麻标满几十个景点,有不少景点还配以大段的英文说明,就可以看出这个地方的旅游管理工作,也做得不错。

总之,研究了一番地图,再配以网络资料后,得出结论:我得去找《LP》和网友们推荐的那个 Harran-Nemrut tours 旅行社(据说老板是当地一名教师,可以说流利的英语。这在土耳其东南部是多么难得!),要么报名参加第二天的哈兰(Harran)旅行团,要么参加自恋山 Nemrut 旅行团,这个旅行团据说会顺道经过幼发拉底河上的 Ataturk 大坝,这样,就可以看到这条河流了。这是南辕北辙的两条路线,只有明天一天时间的话,只能选其一。是去哈兰还是去幼发拉底河呢?我打算选择河流。就这样终于做好决定,出得门来,在大街上一站,太阳一晒,却又开始发晕。我能找到 Harran-Nemrut tours 旅行社吗？这白晃晃的阳光实在是太恐怖了呀，街上路人多半又不会说英语，问路都难啊。

正站在街口踌躇，一个瘸腿的怪叔叔，一手牵着一个小男孩，迎上前来，用蹩脚英语问我要去哪儿。指了指地图给他看，他看了半天，招手示意跟他走。犹疑地跟他走了几步，原来是走到一辆车前，他放下小男孩们，从车里拿出几本乌尔法的旅游资料翻给我看，居然是英文的哎。礼貌地看了几眼就想走，他却打开车门，一再示意我上车。晕。这是个啥意思？让我上车去哪里？站在太阳底下，我在想：这个车，上，还是不上？

6. 少女和怪叔叔

反正车上有两个小男生，怕什么。本着这样的心理，上了车。两个小男生四五岁的样子，看到这个如花似玉的姐姐居然就上了他们的车，也有点不知太兴奋还是被吓到，傻傻地不吭声，就相互盯着我看。其实我对小孩不是真心热爱的，有精力时就逗一下，没精力时还是惯性放空发呆，反正这是陌生人，不像在心爱的人面前一样需要伪装扮演贤妻良母，也就笑了笑不作声，由得他们去。也许此时在车上，唯一知道我们将要去哪里的，只是怪叔叔。

说是怪叔叔，但想来这里的人都不会太晚婚晚育，他们又显老，所以真要问起来，这位怪叔叔的年纪不会大我多少，甚至可能比我还小。但傻子才会问这些呢。我今天穿了一身白裙，扎着辫子，虽然懒得化妆（日日思君不见君，懒把娥眉画），估计在他眼里也是一少女。

少女看着窗外，这已经到了乌尔法的新城区。来了3天，就是一头栽在老城区里兜兜转转，逛不尽奇幻风情的露天博物馆，这会儿看着新城里高大上的马路，才想起乌尔法省会城市的现代身份。怪叔叔把车拐进一片住宅区，打了个电话，电话里是女人的声音，然后让两小男孩下车，目送小男孩们走进了楼里，"砰"的一声关上车门。得，这下车上就剩我们两个了。他拿出旅游手册指了个地方,我压根没搞懂是哪里,都说之前没做功课,反正看起来几根柱子,很古迹的样子,怪叔叔的神情又流露着这个地方很牛的样子。科学衡量了一下,反正他瘸腿,有什么事的话我跑还是能跑得掉的。

啊!安纳托利亚的天空啊。蓝啊,真蓝啊,太蓝了啊!车子出了城,越开越远,在一望无际的蓝中,我渐渐忘却了危不危险这件事,欢悦的心情慢慢扩散到身体每一个毛孔。"乖孩子的路,疯子的路,五彩的路,浪荡子的路,任何的路",管它是在什么地方,跟什么人走呢,眯起眼,让8月盛夏灼热的阳光直扑脸上,甚至听到了紫外线炙烤皮肤时那吱吱声的快感。怪叔叔显然感觉到了我的轻快喜悦,把车上音乐打开,颇有些手舞足蹈起来。突然一转眼,我看到窗外大地上一抹水蓝,兴奋大叫:"那是幼发拉底河吗?"怪叔叔跟着乱兴奋:"Yes! Water!"我颓然跌回座位。早看出来了,他也就蹦几个单词的英文水平。

只会蹦几个单词的英文水平并不妨碍怪叔叔讨少女欢心,很快,他在路边停下车来。窗外,好大好长一条翡翠色的水渠在安纳托利亚的天空下汩汩奔流,奔向大地,奔向果园,奔向天际。我心跳加快,想起来这应该就是土耳其那大名鼎鼎的 GAP 工程。只是,我没想到,这水流的颜色,会这样美。

7. 要食品安全还是要电子产品？

　　GAP，东南安纳托利亚工程（Great Anatolia Project）的简称，是土耳其为促进东南部地区发展，所进行的一项规模巨大的水资源开发工程。国土面积80多万平方公里，横跨欧亚大陆的土耳其，欧洲部分称为色雷斯，占国土面积约3%，亚洲部分称为安纳托利亚，占国土面积97%，所以从地域上来说，土耳其更像是个亚洲国家才对，但按文化历史来算，它被归于欧洲国家。只是，欧盟长期没有向这个伊斯兰国家敞开怀抱，近些年土耳其一颗奔欧的心也有所动摇，似乎更倾向于将自己定位为大中东地区的领头羊，这是另一回事了。总之，庞大的安纳托利亚也分为东南西北几个区域，长期以来因身处内陆、气候炎热干燥降雨量少、临近中东战乱地区等等各种原因，东南部地区发展相对落后。但此地区并不缺乏资源，两河流域的源头就位于此区域，幼发拉底河和底格里斯河都是发源于东安纳托利亚山区内，并流经东南安纳托利亚大部分地区。开发幼发拉底河和底格里斯河的水利资源，满足城市化和工业化建设日益上升的能源需求，促进东南部的可持续发展，就是GAP的目的。

　　开发两河流域最早的想法，源于共和国之父阿塔图尔克（历史其实就是由少数人书写的，伟人是截然不同于普通人的）。1930

年代土耳其已经开始地质和地形的测量工作,着手进行此事。最终在 1977 年,"东南安纳托利亚工程"GAP 正式命名。工程覆盖的区域包括幼发拉底河和底格里斯河流经的土耳其 9 个省:阿迪雅曼(Adhyaman)、巴特曼(Batman)、迪亚巴克尔(Diyarbakir)、加济安泰普(Gaziantep)、基利斯(Kilis)、马丁(Mardin)、希尔特(Siirt)、尚勒·乌尔法(Sanliurfa)和希尔内克(Sirnak),计划共建立 22 个大坝,19 个水力发电厂,以及相配的农业灌溉系统、扩建性灌溉网络、跨区域调水的运河系统,项目价值数千亿美元,旷日持久。目前已完成部分工程,其中位于乌尔法的 Ataturk 大坝最引人注目,是世界第六大大坝,源自 Ataturk 大坝的长达数十公里的乌尔法水渠,为这一区域带来源源活水,灌溉土地,自此荒漠变良田。一路行来可发现,东南安纳托利亚地形地貌本属干旱光秃黄土灰山,但灌溉所到之处,一片绿意盈盈,农业的生机勃发,令人感觉快乐。夏麦、大麦、水果和坚果都是土耳其东南的主要农作物,例如马拉蒂亚的杏子。

但凡事总有两面性,GAP 庞大复杂,除了涉及生态环境的巨大改变,土耳其还是个随处有文物遗迹的地方,GAP 所到之处,分分钟可能影响到文物遗迹的生存保护,其后我将会去到的哈桑凯伊夫是其中之一,此又是后话。另外幼发拉底河和底格里斯河本是中东数国的共有河流,现在位于两河上游的土耳其大坝一建,水一拦截,你还让不让人家伊拉克、叙利亚等国过日子啊?所以这国际间水资源的争夺,也是一大问题,凡事都不省心就对了。

但不管那些了,此刻我站在这一脉碧水之前,心情愉快。虽说 GAP 首先是为发电所用,但我更看重它满足安纳托利亚东南部农业灌溉的一面。对于那些有着良好农业的国家,总是打心眼里有几分尊敬。民以食为天嘛。吃都吃不好，奶都没得喝，遑论其他。土耳其的农业不错，世界排名靠前几位，除可自足之外，每年还有大量农产品出口。人总是没什么就想什么。从某种程度来说，土耳其和中国是一个对照。我们发展工业，我们各种工业品泛滥，电子产品泛滥，轻松用上iphone系列或山寨iphone系列，但与此同时，河流干枯，天灰霾，奶不敢喝，吃个水果要靠进口，巨贵的水果还很难吃；而眼观这些土耳其人，用大屏幕华丽丽炫酷智能手机的没有多少人，前后遇到的一些土耳其男生对我用个非常普通的11寸苹果mac都不自觉地流露羡慕之意，但他们有蓝天好空气，有很甜的水果，有不用担心这个、担心那个的食物……孰好孰坏没有标准答案，就是我们这种什么都想要的人比较痛苦。

怪叔叔才不知就这片刻工夫，少女脑海里已经翻腾许多。烈日下，他还很积极地摆弄着少女这里拍拍那里拍拍，于是，和怪叔叔的冒险之旅第一站，就这样看到了我意想之外的GAP。那水流真美啊，简直要让来自环境严重污染之国度的少女，老泪纵横了。

8. 那是一个混交的年代？

脑子不好使，掰了好几根手指头，都算不过来，公元前10000年，是个什么意思？时间是个难以识别且容易令人产生错觉的概念，从数字来看，1000年和10000年也没多大差别，不过是多个零少个零，而对于脆弱肉身来说，小数点前超过两个零，已经没什么意义了。所以如果有人在你面前瞪大眼，眼睁睁地说，"我爱你。如果非要在这份爱上加上一个期限，我希望是……10000年……"，这就是说白话，没别的意思。

然而灵魂借助肉身，进行了一代代的生命流转迁徙。它所拥有的经历和信息，远比你这一代肉身里所能体会到的要丰富得多。此刻，若你站在哥贝克力丘石阵前（Gobekli Tepe），请闭上眼，动用你全身心的能量，呼唤10000多年前的记忆，那，是不是个混合杂交的年代？你脑海里是否有出现这样的画面：那时艳阳当空，和风正好，宇宙洪荒的一片寂静中偶尔传来几声野兽的嗷叫。你袒胸露乳，腰间只围一把橄榄叶，心情很好，笑嘻嘻地走在路上。迎面而来一个壮男，刚刚狩猎回来，肩上扛一只野鸟，你看他很顺眼，他看你也很顺眼，"我看青山多妩媚，料青山看我应如是"。于是你们就自然而然地，地为席天为被，享受这份欢愉。分别之后你又心情很好笑嘻嘻地往前走，迎面又来一个壮男，又相看俩妩媚，又自然而然地爱恋一番……你很快乐。大家也都很快乐。饿了找吃的，吃饱入相思，人们就是这样生活的。10000多年后，你们的快乐并没有增多，反而失去了相看俩妩媚的快乐。

哥贝克力丘石阵是个神秘的存在。神秘是因为年代实在太久远，今日的肉身，已经失落10000多年前阳光雨露的记忆。对于它的发现，震惊了考古界。金字塔已经够久远的了吧，人们已经无从得知当时的人类怎么有技术力量垒砌起那么巨大而组合精确的石头。哥贝克力丘石阵比金字塔，还要约摸早七八千年，据推测，它的存世时间已长达12000多年。在它出现后，又过了七八千年，才到了《创世纪》描述的一神论、先知亚伯拉罕等人开始出现的世界呢。这个位于乌尔法东部近郊十几公里处的石阵遗址，包括数十个"T"型石柱，每个重达数吨，每个石柱距离5到10英尺，围成圆圈。大多数石柱上刻有各种奇怪的动物浮雕，包括狮子、狐狸、野猪、蟹子、蜘蛛、蛇、秃鹰等等，是人类迄今在地球上发现的最早的文明遗迹之一。但哥贝克力丘石阵的规模，远不止今日挖掘出来所能看到的这部分。据地磁推测报告，这周边还有数百个石柱，等待着重见天日。自1994年德国考古学家克劳斯·施密特前来此地考察，发现并意识到此遗址的价值，立刻返回乌尔法买了房子，长住下来，率领工作人员进行挖掘，至此已经20年，这才露出冰山的一部分。不知10000多年前的古人类是花了多长时间来建造这些玩意儿，反正现在挖，也要挖个好几十年才能完成。而肉身于此漫漫时光的印记面前，真的不过是些许浮尘。

哥贝克力丘石阵是当时人们建来干吗用的，考古学家们也给不出明确的说法。这周边并没有人类居住过的痕迹，因此考古学家们推测这是采集狩猎时期人类建造的宗教圣所，研究表明当时曾有多个群落来此聚集朝拜，最远的距离此地有近100公里——拜托，那要走很久吧。但是这种说走就走的旅行，对于先人们来说应该简单很多。反正饿了就路上抓个鸟吃，冷了就扯几把野草树叶披一披，心思对了就找个姑娘汉子在一起，白日放歌须纵酒，青春作伴好还乡——克劳斯·施密特认为那时的人们也许还喝啤酒，甚至使用"某种毒品"。

哥贝克力丘石阵体现的宗教意味，表示采集狩猎时期已经有宗教意识的存在。也许正是因为要建设这占地达22公顷的规模宏大的巨石场所，驱动了采猎者们组织起劳动大军，在一个地点长期劳动，保障稳定的粮食供应，由此最终发明了农业。也就是说，不是农业文明的发展令人们有了建造大规模工程的能力和分工体系，而是在建造大规模工程的过程中催生了农业文明。喔！学者们绕口令一般的推断论证，也亏得少女能理解其中的逻辑关系。

这一天，怪叔叔要带少女去的那个地方，原来就是哥贝克力丘石阵。可叹的是，不学无术的少女，当时压根没搞懂来的是什么地方，虽说怪叔叔有好几本旅游资料放在车上，少女光顾着沿路嘚瑟，也懒得看。在经过GAP碧绿清亮的水渠视觉冲击后，怪叔叔就将车一路开进山，越走越荒凉偏僻，人影也没多几个。终于走到一大片土坑之前，烈日当空，我已经被晒得就要昏厥！怪叔叔拿着我的相机，指着那些浮雕左拍拍右拍拍。拍什么拍，不过是几根石头几只野鸭，有什么稀奇。

错！不仅仅是野鸭、野狮子、野蝎子等不明意义的生物，这些石柱还有人形的表现，有头部，有手，并且，有各种动物的阴茎！阴茎勃起的野猪、阴茎突出的狐狸、秃鹰利爪下一个有着勃起阴茎的无头躯干……不同于旧石器时代晚期的洞穴壁画，哥贝克力丘石阵的浮雕不是表现日常生活的场景,没有狩猎的画面,也几乎没有表现野牛、鹿这些主要猎食对象的形象,而是一些稀奇古怪的动物,因此,这些画面不是记录生活的,而可能是某种图腾、象征、记忆工具……总之搞不明白。好想坐时光机器回到一万多年前,抓一个壮男问问:"喂,哥们儿,这整的啥意思?"最重要是,故意突出表现那么多动物的阴茎,是啥意思?

由此我要说到《纽约客》上一篇关于哥贝克力丘石阵的文章中引申提出的一种思考:人类历史上是否存在过性自由的年代?历史其实是一直往前走的过程,还是像人类生命一样,斜线向上再斜线下坡的过程?

我们的世界观,大多是基于历史是往前进,人类文明是在越来越往好的一面发展,这样的基础认知之上的。实际上,这所有的认知,不过是从小我们被灌输、被赋予的观念。例如一直到少年时期,我都还很天真地以为,以前的世界就是一片黑暗,社会处于浑沌愚昧,人们处于水深火热之中,然后一夜之间,天亮了,好生活开始了,并且会一直继续下去,国家会常青基业,千秋万代。有一天才猛然醒觉,不对,既然历史中已经发生过那么多朝代更替,请问有什么理由,这个朝代就能万岁万岁万万岁下去呢?而后来读到张爱玲的作品时更是吓一跳,那个时代人们已经生活得这么摩登,都会这么高大上哎,舞跳起来,小冰箱、小电梯用起来,时尚讲起来,原来历史是会倒退的!三观经受了不断的拷问反思,也因此,渐渐变成了易于对一切抱以怀疑态度的骑墙派,你说得越慷慨激昂滔滔不绝,我就越是要睁大眼睛看看你,自己用心想一想。所以当看到有人提出关于人类文明不同的观点时,都觉得没必要一口否定说:"荒谬!"而是觉得,咦,这样想,倒也挺有趣。

传统说法是农业社会的出现，替代了狩猎生活，是历史的进步。但也有众多证据表明：农业发展导致人们的生活水平急剧下降。也就是说，采猎者们一开始也许只需要花一点时间抓几只鸟啊、兽啊什么的，就够他们吃几天了。后来进入农业时期，却需要不停劳作，才能混个肚饱。古生物学有证据显示，与采猎者相比，早期农民的身体更糟糕，生活更糟糕。在希腊和土耳其进行的骨骼研究还发现，在冰河期结束至公元前3000年期间，人类的平均身高下降了6英寸；现代希腊人和土耳其人的平均身高仍未恢复到他们采猎者祖先的水平。所以有学者认为，"农业代替狩猎，是历史的退步，是人类历史上犯下的最大错误，是造成整个社会及性别不平等、疾病和专制主义这些加诸于我们身上的诅咒。"而为什么尽管农业意味着更辛苦和更差的食物，人类却在这条路上越走越远，因为已经开始有高等阶层在这种新体制中享有既得利益，他们希望保持自己的优势，并且有能力做到。

另一方面，有学者相信，在人类文明进入农业社会以前，曾经存在过性自由阶段。在狩猎－采集群落里，不实行一夫一妻制，不存在核心家庭，而且不注重父系血缘传承，混交在部落先祖间培养了合作精神，并减少了暴力行为。而在农业社会初期，出于耕种和继承土地的经济需要，妇女被迫要多生后代，而在有奶类和谷类食物供应的条件下，妇女哺乳后代的时间缩短，断奶更早，导致更频繁地怀孕，身体更快速地衰弱。同时，私有财产的制定，使得确定性的父系传承变得至关重要。因此，以父权为核心的一夫多妻制，以及其后发展而成的一夫一妻制，得以实施。简洁地一言以蔽之：雄性日渐发展的贪婪、独占心理，在漫长的人类历史中，演变成了今日的社会结构体系。而从生物学的角度解释，可以理解为"生物体就是一部确保自身遗传特质延续的机器"。

开始了西方文明体系的一部《创世纪》，说白了其实就是众生之父和一神教缔造者亚伯拉罕子孙和战斗的故事。他之所以愿意信奉上帝，当然是有条件的：许他后裔和王国。上帝和他达成的圣约，正是满足了农业文明的两大要求：土地和父系传承。而自亚伯拉罕之子开始，世界进入了领土纷争、权力争夺的周而复始的过程。

说人类自农业社会开始进入历史倒退阶段，这当然是有些匪夷所思的，另外有学者所秉持的截然相反的观点是：当今社会实现了前所未有的平和，而采猎者在种植小麦前的几十万年的时间里相互屠杀，彼此烧烤。

真是公说公有理、婆说婆有理。说史前人类更幸福未必可信，可是说当今社会实现了前所未有的平和，也太不靠谱。各自心怀鬼胎，亚伯拉罕的后人们还不是继续在打得死去活来？

当然想这些只属于短暂的思想神游。但是，难道你没有那么一点好奇心吗？人类社会的发展是一个必然的过程，还是一个偶然的过程？如果当年人类不是走了这条路，还有没有其他路可以走？其他路会是什么样子？未来我们的路又会是什么样子？如今看似天经地义的以家庭为最小结构单位的稳定社会体系，其实并非天地原生，是人类权力制衡选择的结果，那么未来随着社会条件、社会环境的变更，将出现什么样的选择？

站在哥贝克力丘石阵前放飞想象的翅膀，当然不是空穴来风。人类的农业文明在两河流域这一带开始，《创世纪》的传说也是从这一带开始，哥贝克力丘石阵就是人类在进入农业文明之前留下的记忆，而细读《创世纪》，就好像它所寓言的是人类从采猎向农业文明的过渡。"在伊甸园,男人和女人共同生活在一起,他们不以自身的裸体感到羞耻,周边是各种友善的动物,还生长着许多树,'可以悦人的眼目,其上的果子好作食物',然而,智慧树上的果子,如同人类种植后收获的第一批果实,即刻带来了不可逆的诅咒。于是,男人便不得不在土地里刨食,终生吃地里产出的食物……而对于女人来说,那唯一的神——上帝,是这样地刻薄,他老人家说,'我必多多增加你怀胎的苦楚,你生产儿女必多受苦楚。你必恋慕你丈夫,你丈夫必管辖你'……"有学者相信,哥贝克力丘石阵就是这一切苦难开始前的伊甸园,关联证据包括:哥贝克力丘石阵就位于底格里斯河与幼发拉底河之间;这里原来是大草原,是采猎者的天堂;这里处处可见蛇的图像……而石阵的发掘者克劳斯·施密特的态度倒很平和,"哪有那么和平美好。恐怕人们在建造这个石阵时阶层分化已经形成。"

　　但既然谁都还说不清楚,就可以趁机想象一下。或许这个石阵所代表的年代,真的是和平、自由、性福?或许那么多阴茎的出现,不过是性之所至的自由表达?"天地不仁,以百姓为刍狗",灵魂的存在,不过是一种坦坦荡荡的状态,没有纷争?

　　当然,那一天,被晒晕了的我,并没有想那么多。我只是围着这个10000多年前的大土坑走着走着,突然打算捣捣蛋,就在蓝天和旷野中一路飞跑,跑下了山——明知道怪叔叔瘸腿,跟不上,还是要跑。完了蹲地上,看着他一瘸一拐地着急地走到跟前,叹着气拍着腿表示"我跑不了"的意思,我嘴上说了句"I'm sorry",其实心里一点对不起的意思都没有。

　　另外土耳其人的大大咧咧再一次让我惊到,这么10000多年前的老东西了,就那样大大方方地摊在那里,自由开放,也不搞个围栏、收一下门票，反而是据说因为之前人们抱怨石柱离得远，看不清上面的浮雕，于是特地修了一溜木板栈道，方便人们走近观看。

9. 谁比谁更动物？

我有一只小狗，已经很多很多年了。她呢，是个女孩子，最大的特点就是嗲，特别地爱粘人，爱撒娇，爱被抚摸，爱抱抱，整个就是个跟屁虫，连人上个厕所，都要在门口守着！当我赖着躺着玩电脑，她一准儿就要偎在身边睡甜甜觉。起初觉得，这也太娇了吧！后来发现，物随主人形，道理大大的有。我就是她的人类版，她就是我的动物版。曾经看过心灵鸡汤说，"如果狗狗是位老师，你会学到这些东西：永远不要错过能够出去玩儿的机会；让新鲜空气和吹到脸上的风成为陶醉般的享受；走长路时随时给自己找开心；随时寻求关注并让人们抚摸……"我其实不用学，本已精通得很。

再有《红楼梦》里说一个特别的人物——多姑娘，"谁知这媳妇有天生的奇趣，一经男子挨身，便觉遍体筋骨瘫软，使男子如卧绵上……"这种天赋异禀，也不是常人能懂能学的。

一般中东男人最为游客尤其是女游客所诟病的，就是他们的咸猪手。曾经还见到有人说走了一趟，生理和心理都受到严重创伤的。想象不出那具体是什么情况，会到了严重创伤的地步。我天赋异禀，感受另类。都说了我属动物，跟我家狗狗很像：享受亲热，享受抚摸。只要对方不是令我感觉恶心的人。

现在要说一说怪叔叔了，普通人，物以类聚，想来我也不会遇到什么大好人或者大坏人，所以也懒得动不动就对人设很深的防线，但也不会对人抱有太好的想象和期待。土耳其男人是热情洋溢、动物性强的物种，来过这么些天，早已能感觉到，你对他们笑笑，他们的下半身就开始活动了。如果他们和女生单独在车上，这个女生又活泼爱笑甜蜜性感，他们心里没有想法，打死我也不信。所以当怪叔叔开始伸手过来抚摸我时，我一点都没吃惊，只是觉得：没意思，又猜中。

说实在的，他不是个令人讨厌的人。除了腿脚有点不方便，样子还算周正，并且穿的是白衣服。——穿什么颜色的衣服也有关系？当然有。最怕人穿那种说不清是咖啡、还是棕、还是土黄、还是灰青的暗暗脏脏的颜色，衣服颜色不对的话人也跟着显脏。我是色彩控，喜欢colourful，也喜欢黑白灰。少年和我都很喜欢蓝色，也喜欢白色，开始觉得爱上他就是在看到他穿着白色背心时……这个时候说到少年会不会让人感觉很幻灭……

土耳其男人天生热情多情，已经有了至少两个孩子的怪叔叔，是有多缺乏情感生活，多渴望浪漫吗？这样和一个女生一路驰骋，是有多开心吗？似乎是很开心的。他很开心地伺候着我，爱怜地抚我的发，亲我的额头——他怎么知道我喜欢被人亲额头。想抽烟了点着火递上，嫌太阳晒了帮用围巾蒙好脸，要喝水了先把盖子打开，拿出相机拍照一时不知镜头盖该放哪里好，他拿过去小心地放到自己上衣口袋里……所以说人总得有些好处。怪叔叔也许明知自己先天有缺陷，便以加倍地殷勤体贴讨人欢心，到底是聪明人。但聪明人也未免太胆大妄为了，从哥贝克力丘石阵出来，好长一段路都没什么人也没什么车，他开着车，看到我困倦欲睡，居然双手都伸过来，想把我搂到他腿上睡，还管不管方向盘了！饶是我艺高人胆大，也大吃一惊。赶紧大声喝止，并且赶紧把安全带系上，才定惊魂。所以说，我也是有底线的。

GAP 无意中看完了，哥贝克力丘石阵也看完了，该回城了吧？但不。怪叔叔问："Harran？"咦，本来以为去不了的哈兰？也好哦。于是，和怪叔叔的冒险之旅第三站，就到了位于乌尔法南边四五十公里，更靠近叙利亚边境的哈兰——先知亚伯拉罕前往迦南的中途停居地，地球上最古老的人类居住地之一。

哈兰已是明显的阿拉伯风情，传统男人的装束已经包着头。这里最具异域风情的是蜂巢房，但我觉得样子更像是乳房，所以打算叫它们为乳房屋。这样更直观，它们单个的样子是很像乳房嘛。至于蜂巢的形状，要登高俯瞰一大片，才更能想象。并且乳房屋这样的名字，令人更有兴趣想象。既然身为标题党，不能白担了这虚名哟。

乳房屋在土耳其为哈兰所独有，但据说在邻国叙利亚也有这种形式的住宅建筑——希望动荡的局势不会毁灭一切。乳房屋在公元前3世纪已经在哈兰出现，艺术来源于生活，这样富有创意、富有想象空间的住宅建筑，正是源于生活。昔日此地气候干旱，树少，缺乏木材，人们就地取材，用泥土混合麦穗、木碎，甚至动物粪便，也一样豪宅盖起来，还冬暖夏凉，生态环保，并且前设庭院，露天围坐，吃个靓饭，喝个小茶，一样惬意得很。

现如今哈兰依然有居民住在乳房屋的。因近年游客增多，也特别辟出一些乳房屋供人参观，夏季也可留宿。对外开放的场所里挂了很多衣服、饰物等行头，我还没反应过来，怪叔叔已经挑好一套，命少女套上，拉着少女又是一顿左拍照右拍照。依我这样超凡脱俗的人，平时是绝对不会主动做这些游客招牌行为的。但那天被他拉着，倒也不辞劳苦地拍了几张，给足他面子！我得说，后来回心一想，真是神自有安排。

　　作为一个已经有着几千年历史的古城镇，除了乳房屋，哈兰可以一看的景点还包括城堡、城墙、清真寺，以及据说是世界上第一所伊斯兰教大学的遗址。但，这些我们都没去。因为，看过乳房屋后，我们就直奔哈法蒂了。啊，哈法蒂！神奇的哈法蒂！

10. 开满鲜花的庭院

　　小时候，在我那南方小城，溪水还是洁净清澈的，乡下田野还是碧绿无垠的，站在老屋门前，还看得到远方山上，在5月的季节里有一树大白花开得纷纷扬扬。一直想去山上，找到那棵树，把它好好地看上一看。但一直没去，却写了一首诗给它。后来，诗也丢失了，人也离开家乡，越走越远。远方山上的一树大白花，成了一种意象，偶尔会在梦中相遇。梦是一种信息。在此生、此时空维度的平面单行线中，传递着多方时空维度的立体信息。而这些信息是会交汇穿行的。它们很厚道，在白日里，肉身忙于应付此刻眼前时，它们轻易不会前来打扰。而在黑夜，尘世之声消退，它们会悄悄前来造访灵魂，聊一聊远方的故事，前世今生的家长里短，不同时空里的聊斋志异。而关于一些美的信息，会周而复始地，在不同的时间、空间传递给灵魂。一直没去看的那一树充满静寂味道的大白花，会以不同的形式，闪耀于不同的旅途之中。

　　有一次在意大利，已经不记得那是坐巴士从哪里到哪里，中途停留的一个小镇，午饭后短短的活动时间里，日光下漫步于小镇的安静中，看到路边人家，满园鲜花旁若无人地盛开，那一刻的惊艳或似曾相识。"春潮带雨晚来急，野渡无人舟自横"。潮起潮落和那条舟,都有它们自己圆满的世界,有它们自己与天地、与暮鼓晨钟的对话,我只是无意中经过,无意中看了一眼。

和怪叔叔前往哈法蒂的路很漫长,漫长到伏在他的腿上,睡了一觉又一觉。强烈的阳光,兜兜转转也躲不过。路面像铺上了一层金属,不断跳跃着,反射光芒,目眩神迷。穿过了马路,又上了高速,经过一个高速路口,又经过一个,再经过一个,始终还在跑,跑,跑。跑到心头焦虑了,也会突然跳起来大声喝问:"这是要去哪里?"好像是被人家绑架了不知道要被带去哪儿的意思。其实去哈法蒂也是自己点头的事情。问题是,此前我都不知道有这个地方的存在呢。就是在车上翻看旅游手册,突然看到,咦,这一大片蓝蓝的水围着的地方是哪里?再一读说明,噢!位于幼发拉底河河谷上的一个小镇。我来乌尔法的目的,不正是为了看幼发拉底河的吗?自己都还没说什么,怪叔叔已经看出我对 water 的强烈兴趣,去完 Harran 后马上问:"哈法蒂?"那当然好啦。只是,我不知道,它有这么远啊!

总算跑完了高速,穿行在两边原野茫茫的乡间公路上。突然怪叔叔在路边停车,问:"Tea?"转头一看,窗外,是开满鲜花的庭院。

坐在开满鲜花的庭院里喝起了茶。没有什么其他人的存在。这漫漫旅途中无意停留下来的一个点。不知这是哪里,这个地方叫什么名字,也没问。时已近黄昏,西斜的阳光更加通透,给花花草草们全部洒上金色的光芒。庭院的长座椅上铺着土耳其式的垫子,色彩斑斓的风情。怪叔叔摘了一朵花,配上一把叶子,递到我面前。那叶子有浓烈的药香味,闻着倒挺提神。这又是一场幻觉。和一个陌生人,坐在遥远异乡开满鲜花的庭院,晒着太阳,没有前因后果。

怪叔叔又摆弄着我拍照。坐在长椅上拍拍，也就罢了，还要求走到屋旁小凉棚前的花丛中拍。没好气，这种花咱们那儿又不是没有，又不是没见过，有什么好拍，不去不去。怪叔叔叹了口气，自己一瘸一拐地走到跟前，拍了个空镜头回来给我看。哎呦，绿色草地橙色花丛后面再配上蓝色小亭子白色小椅子，小清新啊！人说世上本不缺乏美，只缺乏发现美的眼睛。烈日下开了那么长时间的车，怪叔叔的眼睛还这么好使，那就给他面子拍上一张吧。于是就这样，留下了旅途的意外之美。

一直不知道，那是什么地方。如果你下次经过，告诉我。

11. 我在幼发拉底河想念你

"在那儿,温柔而和煦的,甜美的,是我们故乡土地闻起来的芳香。"

幼发拉底,这关乎人类文明起源的河流,当它突然出现在我面前,漫天夕阳的光芒,增强了这一场面的戏剧性。

我太欢喜了,欢喜到不知怎么办才好,就转起圈来。这样的得意忘形,很快就转晕了。我们站在一片高地,山坡下,夕阳在河面上挥洒出粼粼波光,河谷中的小村庄,如数千年来,从未改变过一样,沉浸在如幻金光中。它一定是假的。我都觉得,伸手去戳一戳它,就会像七彩肥皂泡一样破灭。

我们长驱直入,去到梦幻肥皂泡中。车子在河边小镇停下,这就是哈法蒂。河岸上系着数只小船,穿过一个河边餐厅,怪叔叔叫我登船。天色已渐黑,我犹疑数秒,终究踏足船上。河面宽广,水流无声。船徐徐前行,入夜的风颇有凉意。这水流数千年,和另外一条河流底格里斯河共同界定美索不达米亚平原,开始人类文明。我觉得幼发拉底河应该是女的,这水流如此清幽神秘,既孕育了文明,又预示着末日的降临——幼发拉底河是《圣经》中出现的第四条河流,根据《启示录》所指,在世界末日来临前夕,幼发拉底河将会干涸,为末日之战作准备。而此刻,河水依旧，怕是一时半会儿还干涸不了，末日不会这么快到来吧。因此，我在幼发拉底河想念你。不作海枯石烂的哀思，只想念你的笑容绽放，曾经如此撩动琴弦，敲打我窗。

当相机拍摄下河面上最后一抹余晖，没电了。天也黑了。怪叔叔指给我看：前方有城堡。我只看到黑影幢幢，开始感觉到害怕、仓惶、以及疲累。

船终于靠岸。我却再无欢颜。这原本是个好地方，从镇上乘船抵达的河边小村落 Savas，有小茶室临水而设，可以悠闲喝茶，也有食物供应。山坡上有洞穴屋，可供住宿。从山上俯瞰幼发拉底河，想必又是一番壮观。《LP》介绍说从哈法蒂坐船，可以先去 Rumkale，那里是一片古迹，包括清真寺、修道院、教堂等。"哦，天哪！从这里看到的幼发拉底河流域的景色真是壮观极了。"《LP》盛赞。估计 Rumkale 就是船行途中怪叔叔指给我看的那一片古堡。Rumkale 再前行便是 Savas，其实从山上观望幼发拉底河，也是极好的。只是，天已黑了，相机也没电了。洗漱用品没带，换洗衣服没有。洞穴屋固然浪漫，但身边不是想要的人。我都说过，一场浪漫至死的野战，上帝要安排许多事情，关键是爱情这玩意儿，神出鬼没，连上帝都无能为力的。

我执意要走。来来回回以一句"我要回乌尔法"加强语气。怪叔叔傻眼了。他驱车 100 多公里，天黑时分才来到这里，未曾想过又要摸黑回去的。可我原本也没想过今晚要流落在外。我只是早上出门，想去找个旅行社谈一谈明日行程，可接下来就把想去的地方一网打尽了，没想去的也去了，虽然早上是刷过牙才出门的，这依然也太突兀了。这陌生的相遇，该到此为止了吧。

和我在一起的男人，很容易被饿到。我过于散漫，食无定时，又属骆驼，峰大，吃一顿管很久，漫漫长日不吃也不觉得会怎样。是有一天有一个男人终于忍不住抱怨了，才发现自己这信手拈来的虐人能力。怪叔叔才和我相处大半天，早已经饿了。他一再询问是否可以吃过饭再走，虽然用的是土耳其语，但我猜是这样，只是装听不懂使劲摇头。他没办法了，进茶室厨房里卷了张饼，边吃边走。再次坐在船上，只感觉，没被他扔河里喂鱼，已算幸运。夜空里星星已经开始升起来，一颗颗在头上亮晶晶。幼发拉底河上仰头看星辰，也唯愿这一刻，留得更久远一些。如果有一天，你来到哈法蒂，请告诉我，白日里，幼发拉底河的美。

　　车子又上了路。在经过进哈法蒂前的那片高地时，怪叔叔把车停了下来，摇上车窗。前方远处，黑夜中的大河一片阴影，河岸上星星点点的光，也难以分清哪颗是人间的灯，哪颗是天上的星。

　　回去的路上一路无话，穿过一个个的城镇。灯光去了又来，周而复始。窗外究竟都是些什么地方，统统不知道。只记得隐约又有一个城镇，是依河而建。河边还有巍峨建筑。沿着河岸我们跑了一段路，终于，大河再没出现。注意到一个细节，他扶着方向盘的手时不时会动一下。再观察了一下，原来是每逢路对面有车过来，就关掉远光灯，车远去了，再开，有车来了，再关……如此一次次，从不遗漏。亏得路上车流不算多，不然我看着都觉得累死了。《LP》上说土耳其司机凶猛乱来，看来凡事都是个相对论。相比严谨欧美，想必是。但这样一次次不嫌其烦地开关远光灯，搁在中国，都是个另类。

　　终于回到乌尔法。斋月近午夜的城市，依旧热闹得不像话。他带我去吃饭，看我一片片地吃烤鸡肉，简直觉得惨不忍睹，拿过一个饼,就帮我卷成了鸡肉卷。原来是要这样吃啊。来土耳其多久了啊,一直是那样饼肉分开吃,再也不好意思号称吃货。我疲倦至极,饭后一心只想直奔回酒店睡大觉,他却一定坚持要带我去某个地方。一步步地穿过满街人流,走到巴扎那错综复杂的巷子里,一拐,进了一个门口,里面豁然开朗,人声鼎沸。原来,就是那个叫海关货栈(gumruk hani)的坐满男人下西洋双陆棋的有趣的地方啊,之前想找,没找到来着。这个男人,就这样坚持带我去到了他所认为的乌尔法特别值得推介的地方。

他送我回到 Urhay Hotel 门前,又一次拥抱说"谢谢",在夜色中离去。累到天昏地暗,进房直接倒头睡下。日后翻看照片,才觉得恍惚离奇。这样突然出现又突然离去的陌生人,好像只是安拉为了满足我去看幼发拉底河的愿望,以及留下这些照片。生命交错的理由,神秘莫测。

12. 在秘境中寻找人们的笑脸

"你园内所种的结了石榴,有佳美的果子,并凤仙花与哪哒树。有哪哒和番红花,菖蒲和桂树,并各样乳香木,没药,沉香,与一切上等的果品。你是园中的泉,活水的井,从黎巴嫩流下来的溪水。北风啊,兴起。南风啊,吹来。吹在我的园内,使其中的香气发出来。愿我的良人进入自己园里,吃他佳美的果子。"

良人不在,庭院深深。在那深深的庭院里面,仰头看鸽子咕咕飞过上空。如果不是来到这中东之地,都不知《圣经》源于生活。这乌尔法的古宅庭院里面,就是一幅幅《圣经》画面。石榴结了佳美的果子,风吹进园内,香味散发。

但我都不记得这庭院叫什么名字。在乌尔法旅游地图上面有标注和说明,只是后来丢失了地图。藏在老城街巷中的这些古老石灰岩宅院,有的设置为博物馆,有的开发为餐馆,有的改造成客栈。如我依着地图寻来的这一个,据说是客栈。进了门朝前台笑笑,说想浏览一下,他就做了个请便的手势,由得我自己在里面到处瞧瞧看看拍一拍,没有一点提防的意思。

还有一天中午,摸到邮局旁边的一个庭院。门口挂了牌子,大意是文物古迹保护开发董事会之类的地方,看得见里面有人在上班。这四四方方的石质大宅，本身就应是一个古迹了吧，于是蹲在地上各种取景拍摄。一抬头，一个提着公文包的大叔微笑着问："Tea？"都好啊，这大中午烈日炎炎的，确实渴。于是他领着我走到茶水间里，把我交给正躺在里面午休的小弟，笑笑就走了。原来，人家真的只是好客地请人喝点茶，没别的意思啊。但小弟渐渐地有了意思。见他长得有几分姿色，本来只是想给他拍个照，他就越凑越近的。算了吧，这天气怪热的，且他手上还带着婚戒，起身走人。但这些庭院真是好。总有一天，我要做一本庭院集。

Gumruk Hani 是乌尔法庭院之旅的高潮。《LP》上说：13世纪，塞尔柱人沿着穿越安纳托利亚的丝绸之路修建了一系列商队驿站，为骆驼商队提供休息的场所。它们之间的距离大约是一天的行程（15-30公里），不仅为来往的商队提供食宿，还为买卖商品提供便利。奥斯曼人则不同于塞尔柱人，他们并不很热心修建商队驿站，而是在城市里面修建了成千上万家小客栈，这样商人们便可以在贸易地点的附近装货和卸货了。客栈的设计比较简单，一般都是正方形的两层建筑，中间有一个露天的院子。院子的中央一般有喷泉或高耸的尖塔。在二楼，一个拱形走廊的后面，设有供住宿和就餐的办公室及房间。

Gumruk Hani 就是这样的一个典型建筑。只不过自丝绸之路少湮没，驼铃声远去，它的用途也改变了。这个地方呢，太精彩！那晚随怪叔叔一进去，哇噻！开眼界了。灯火通明的庭院里，满满当当坐着的都是男人！一个女的都没有，除我之外！虽然在土耳其晃荡了这么久，对于这个国家男主外、女主内的主流风格已经有所了解，但看到这阵仗，还是大大感慨了一下。男人啊，全都和男伴出来喝茶、玩棋子了。如果要和他们谈恋爱，怕不是和别的女人争风吃醋，而是要和男人争风吃醋吧。这样整天男的跟男的 hang out，想来传说中的男风之盛，也是有道理的。Believe me! 摩登都会女子经历丰富，后来连这个也能碰上。

摸清了这个地方的所在，第二天就独自杀了个回马枪。斋月里白天的 Gumruk Hani，气氛和夜晚完全不同。白天不能吃喝，小桌子小凳子全收起来，男人们也全都不见，只有一帮小屁孩儿，哗啦啦地在水池里玩个高兴。水和穆斯林的生活总是情感亲密地联系在一起。东南安纳托利亚处于内陆气候干旱地带，不临江临海只得河流滋润，但孩子们在庭院或清真寺的水渠里也总是玩得很 high。偷偷地摸上二楼——其实不用偷偷地啦，没人管，楼上有个小清真寺，做完礼拜的阿叔们出来看到我，怔了怔，也就走了。但有一个阿叔很搞笑，本来我在拱廊上看准光影的位置，想请他帮我在那个位置拍个照的，一定是我表达有问题，他自己跑到那个位置"企定定"——好吧，只好变成我拍他。

沿着拱廊逛了一圈，先前骆驼商队食宿的那些房间，现在全变成服装加工车间，关键是里面的裁缝、工人，也全都是男的！还有大量的男童工。想起少年说过，他从13岁就开始工作补贴家用，心里有点黯然。我的13岁，都在做什么呢？谈恋爱。

白日里跑了一趟 Gumruk Hani，晚上又跑一趟补些照片。男人们又全都出来了。熙熙攘攘。孩子们在拱廊上蹦蹦跳跳，看到我追着喊"sexy！sexy！"好啦，这个不用你们喊，咱也知道。好玩的是，一个个裁缝室里男人们依然在挑灯夜战，天气热，大多把衬衣脱了，就穿着白色背心，其中不乏帅哥。看到门口居然有女生走过，都傻眼，瞬间羞涩起来。哗，这才是性感！可我还是有分寸的，没有唐突地举起相机对着人家拍，赞一个——不过现在后悔了。

斋月夜晚里的乌尔法，真心热闹。圣洁鱼池旁边的广场上，有音乐会在免费演出。Damlacik 山下的草地上，入夜坐满了一起进食的人们。在那里低调地拍着照时，有孩子遵循大人的指令，过来邀请我加入饭局。而白日里逛巴扎时，在士多店里喝饮料，也有老板硬是不收钱。这就是土东南，一不小心就会碰上人情味。更别说那些总是会遇到的笑脸。一直觉得《走遍全球》文笔很烂，但是在土耳其卷安纳托利亚东南部、东部章节里提纲挈领的一句话，却吸引了我，"在秘境中寻找人们的笑脸"，而《LP》说安纳托利亚东南部是土耳其的"野孩子"，浪荡女 vs 野孩子，登对。先前少年不主张我来乌尔法，因为叙利亚局势的混乱，然而我喜欢这里。几十公里外就战火纷飞，但在这里，人们依然有滋有味地喝着茶，下着棋。当然，战火的阴影也时有出现。哈兰就有大片的集装箱难民营。当我和怪叔叔去往哈兰，红绿灯前停车，也会有叙利亚难民上来乞讨。晚上在圣洁鱼池附近，也会看到"帮帮叙利亚"的募捐摊。正因为战火就在眼前，这一口茶越是喝得要有滋味。给少年发邮件，"Baby 我喜欢乌尔法。我来到这里已经几天，已经熟悉它，甚至学会了怎样坐公车去汽车站。熟悉的时候也就意味着离开的时候到了。我明天去马尔丁。"他说："我很开心你享受在乌尔法的时光。我已经到安卡拉，明天和家人去采购婚礼用品。"

第五章

马尔丁，爱在西元前，飞过沧海桑田

1. 四张床的命运

说来惭愧，那天一个控制不住，居然有失礼仪之邦子民的风范。

《LP》这样描写马尔丁："风景如画的马尔丁让人如痴如醉，你会毫不犹豫地放下背包在此停留。看到精美绝伦的环境、壮观的布局和极其丰富的建筑瑰宝，你会忍不住啧啧赞叹。尖塔从迷宫般的深棕色街巷中拔地而起，古老的城堡统治着这座古城。蜂蜜色石头房子在山坡上顺山势而建。马尔丁就像灼热的美索不达米亚平原上的一只凤凰。"

这段话写得很好，也因此吸引我而来。

只是那天，马尔丁的好还没在眼前展开，它的灼热已经将人包围。8月的太阳炙烤在美索不达米亚平原上，当从乌尔法过来的巴士终于停靠在马尔丁新城那平凡的街道上，我下了车，站在路边，无所适从，第一反应是拿起少年妈妈送的不离身的白色头巾，遮挡太阳。这是什么地方？我要去的 Antik Tatlidede Konagi 酒店在哪里？怎么去？全无概念。看到我的茫然，旁边一男子问："Taxi？"我犹疑地点点头，想着他会不会是拉客的，但他只是冲街道对面停在那里的的士喊了一声。车过来，告诉司机酒店名，就走了。原来，他只是因为看到我似乎不知在哪里能打到车，随手的热情,自然而然的友好而已。

上了车,司机开始一个个地蹦英语单词。将他含糊的个体单词组织了一下,大意应该是:"你觉得马尔丁怎样?"老老实实地回答他:"不知道啊,我才到这里呢。"他立刻自己下定论:"马尔丁,good!所有人,英国人、德国人、美国人……来到这里,都说,马尔丁,very good!very very good!"好吧,真心佩服土耳其人的信心爆棚,他们的家乡、他们的城市,一定都是"very very good"的,但我已经快被太阳的强光照晕。

车子不断地爬坡,终于把平淡的新城远远地甩到了身后,爬上了高踞山坡上,俯瞰着美索不达米亚平原的马尔丁老城——石头之城。瞪大眼看着窗外的街道,仿佛在烈日的幻觉下来到了中世纪之城——狭窄的石板街道上,慢悠悠地走着驮满货物的驴子呢!车子在一栋石头大宅前停下,Antik Tatlidede Konagi 到了。前台的英语不算利索,总算也能沟通。进了房间就吓一跳,三张床的偌大房间,风格就像城堡一般古色古香又简朴美丽。一时间职业精神上了头,明明已经很累了,居然歇都没歇就拿出相机来拍拍拍,拍完一通后又累又渴,搜索了一遍房间,没有任何喝的,小冰箱是空置的。已经开始不爽。想关上门去找服务员要喝的,锁居然坏了,关不上。开始暴怒,这土耳其的门锁就是爱欺负人是不是?!我黑着个脸挣扎着爬了楼梯上去找服务员,一脸的怒容把人给吓坏了。服务员跟我回到房间把锁检查了一遍,很纳闷:"明明昨天还好好的啊,今天怎么就坏了呢?"我绷着脸抱着胳膊站一边不作声,那满满的怒意很明显就要爆出来了。他连声说:"给你换房间好不好?换一个更好的房间?"可我才刚刚把行李拿出来铺得满床都是啊!这段时间每天都在收拾行李,每天都在检查行李,现在又来一遍头都要爆了!气鼓鼓风卷残云般地把所有东西塞进箱子里,跟着他到了另一个房间。一开门,My God,四张床!命中注定的四张床!服务员说:"看,这是个更好的房间哦。"没理他。"非常抱歉刚才那个房间门是坏的,我们先前都不知道。"还是没理他。人家很纳闷:"我已经道歉了啊,你怎么了?"瞬间发飙:"我已经快累死了!你们这里又什么都没有,水都没有,想把人渴死是不是?哪有这样待客的那么累那么渴还要爬上那楼梯找你们换房间,气死我了啊!"当然,关于四张床的心病是没法说——他傻了,可能头一次见到这样娇气撒泼的客人吧,希望他不会记得这人来自中国。"啊,我们这里的迷你吧都已经取消了。我马上去给你拿瓶水来,免费送你的,好不好?马上去。"土耳其旅馆、酒店里的饮用水通常都是要收费的。迅速地,一大瓶冰凉的水送来了。我的脸依然是黑着的,连谢谢都没有说。把门关上,找了个遥控器使劲往墙上砸去,"啪"好大一声,才哭着倒在床上睡了过去。

一定是累到了。这已经离家在外很久,辗转七八个城市,每天不断地走啊走,打开所有的感官,去看,去接触,去反应,去记录,去思索;独自安排所有事情,应对各种情绪,长途旅行不仅是心理上,还是体力上的考验。在新疆时不知吃错了什么,连续几天的腹泻困扰人,并且气候干燥灰尘大,皮肤状况糟糕,进入土耳其,靠每天数杯的果汁滋润,才逐渐恢复元气。但累是不断累加的。想起每次外出远游,总会有朋友表示羡慕。也曾真心跟他们说:"其实,不要轻易说羡慕。每个人的生活方式都是可以选择的,也冷暖自知。On the road,不乏有趣,但同时也意味着不是轻易可以承担的疲累和孤独。"每天醒来,都要想一下,才反应过来身在何处,那一刻的仓惶黯然,梦里不知身是客。

累虽累,乱发脾气到底不应该,睡了一觉后有了体力觉得惭愧了。坐在天台上看美索不达米亚平原的暮色,服务员过来笑问:"感觉好些了吗?"讪讪地很不好意思,"抱歉我脾气实在是太差。"姑且这就算是不打不相识吧。见我坐着懒得动,服务员问要不要在酒店晚餐,都好了。眼前暮色正好,还舍不得离开呢。半天后才发现,原来今晚不知有个什么 party,人家餐厅是包场了的,难怪天台上服务员们来来往往摆桌椅、餐具的一阵忙乱。既来之则安之。就一个人独坐一桌,看着旁边座席上来宾渐满,到底是带传统特色的土东南,这样一个 party,来宾们都是分男女桌坐下的。最后,晚到的女宾找不到座位,餐厅经理跑来问我是否可以共桌,当然可以,为什么不可以。于是,就有两个女子带着两个小孩坐过来,正好我已吃饱,顺手就帮着带起孩子。也挺佩服土耳其小孩的,他们好像不爱哭闹,那么小的婴儿,大概只有五六个月大吧,陌生姐姐(嘘,他认不出来是姐姐还是阿姨的)抱着到处乱晃悠,也一点儿意见都没有,太配合了。

待到曲终人散,依然留恋着这美索不达米亚平原上吹来的夜风,闲坐抽烟看夜色。餐厅经理也和几个朋友闲坐聊天,招呼我过去喝一杯。"这不是在斋月里,你们也不能喝酒吗?"我困惑?原来人家只是让服务员端了一杯红酒来放我跟前,他们只喝水。这算什么事?几个大男人喝水一个女孩子喝酒,啼笑皆非。经理向朋友们描述:"晚上座位不够,问她可不可以让客人过来同桌,她很爽快地同意……"他们就惊异地看着我。这有什么好奇怪的?你们不也是这样友好随和地待人的吗?马尔丁吸引我的,除了《LP》那段景观性的描述,还有在网上看到的另外一段话:"马尔丁是一个穆斯林和基督徒可以称兄道弟的地方。穆斯林宰牲节会邀请基督徒吃烤全羊,基督徒复活节会给穆斯林派蛋。无论是阿拉伯人、土耳其人、库尔德人、穆斯林、亚述东正教徒、亚述天主教徒,都在这片土地上和睦相处。"当然实情可能也不是这样美好,传说中的大屠杀发生的时候,这里想必也有很多惨案。只是,今日这个城市依然有着复杂的人口构成,不同的民族混合,使这里成为文化的熔炉,这也是除了中世纪古城风貌和俯瞰美索不达米亚平原景观,马尔丁另外一个魅力所在。可惜的是,尽管这里的人可能阿拉伯语、土耳其语、库尔德语都懂一些,会英语的实在不多。这几位男人也只够寒暄两句,再想问问目前各民族现状这种问题,是不能了。好在酒喝得微醺,吹着夜风听着几个大男人不知用的是什么语叽里咕噜聊得不可开交,也蛮有趣。偶尔插嘴问一句"你们在聊什么",答曰:"money。"啊哈。

酒后,到街上溜达一圈。街道两边熙熙攘攘的人流里,全是或粗犷或英俊或人文气质的各色美男子啊,还有不羁的路虎从青石板街道上呼啸而过,扬起一阵狂风,不由得目眩神迷。这都是什么地方啊?古老的小城昏黄的灯光里配上这么多美男子,苍茫古朴里的声色犬马。想借酒行凶吧,惜乎体力已不支,遂决定回去大睡一觉,养足精神,明天起来,挥斥方遒,建我宏图,成我大业。

2. 若我赤身裸体，你便无处剪边

杰仔的那首歌是怎么唱来的？"我给你的爱写在西元前，深埋在美索不达米亚平原，几十个世纪后出土发现，泥板上的字迹依然清晰可见；我给你的爱写在西元前，深埋在美索不达米亚平原，用楔形文字刻下了永远，那已风化千年的誓言，一切又重演。祭司神殿征战弓箭是谁的从前，喜欢在人潮中你只属于我的那画面。经过苏美女神身边，我以女神之名许愿……"

听起来美得令人心疼是不是？杰仔那颓然慵懒的歌声就像是永恒爱情的化身？且慢，说起永恒爱情，催人泪下的美丽词藻，恐怕也只不过是文人阿山的一腔意淫，许的愿，和苏美女神语言不通。关于爱，据说在目前发现于美素不达米亚文明中最早的文明、同时也是全世界最早产生的文明——苏美尔文明中，"爱"这个词，是一个合成动词，其字面意义是"去丈量土地"，即"标示土地"，也就是说——自文明伊始，爱的概念，就是与所有权和财产的概念密切相连的，与心如鹿撞、蝴蝶在胃里飞、神魂颠倒、欲仙欲死，原来没半毛钱关系。幻灭，真是幻灭啊。

而在以北部美索不达米亚为基地的亚述文明中（以今天的巴格达为界，可将美索不达米亚分为南北两部分，北部曾长期是亚述人的天下，南部先有苏美尔后为巴比伦），据出土文献记载：关于婚姻与家庭——一位丈夫只要在官方证人的面前,剪掉他妻子衣服的一条边就可以离开她。这是何等的容易!总之,都是幻灭。只是可叹衣有何罪,剪边也是它,断袖也是它。一会儿充当抛妻弃子的代言人,一会儿充当男色之风的代言人,来来去去,就是跟女人过不去。索性赤身裸体,叫他无处剪边。但怎样才算是赤身裸体,这就是境界了。只可意会,不可言传。

这种话可不能随便和少年说。比如曾经好几次想和他探讨,"Baby,你能不能接受妈妈再交男朋友?"到底没敢问,怕一言才出,即刻绝交。这还真不是开玩笑的事。尽管在西部大城市,如伊斯坦布尔、伊兹密尔等地,土耳其妇女的生活方式和国际主流没有太大区别,一样的上班,有选择的权利,可随意着装,但在土国大部分地区,尤其是土东南,尤其是乡下,种种禁忌和限制,是慢慢能体会到的。对于男女之事,表面上的风气保守,也是能体会到的。即便在伊斯坦布尔时,和少年回到家,他总是要把窗帘拉上,我试图到阳台上看看风景,他就紧张,命令我进屋。后来问他为什么,答:"这是穆斯林国家。我们又没结婚,邻居们如看到我们在一起,会很生气。"这就是他长久所受的心理影响。最初真是觉得匪夷所思。

俯览着浩浩渺渺数千年文明熠熠生辉的美索不达米亚平原,想起来的竟然是这些,真心感叹啊!就算没有西元前我写给你的爱(其实是我父亲量给你父亲的土地),美索不达米亚平原在历史的烟尘中还是深埋了许多东西,以供后人发掘翻阅——这两河流域之地,为世界发明了第一种文字,建造了第一个城市,编制了第一种法律,制定了第一个7天的周期,第一个阐述了神以7天创造世界和大洪水的神话……而马尔丁,正位居美索不达米亚平原西北部边缘高地之上,从地图上看来,一马平川,极目远眺,似可直达波斯湾——当然,这绝对要插上想象的翅膀。现实中的视野之内,就是一片广阔的黄褐色土地,上面一块块洒以绿色,也不知种的是什么。看到这绿色又要想起 GAP 工程,马尔丁也是其中重要受益区域之一。当然灌溉本来就属于美索不达米亚的文明贡献之一,数千年过去了,它还是这片土地上的重要话题。第一届世界灌溉论坛(WIF)就是在马尔丁召开的——还有这样主题的论坛……真心觉得世界风景辽阔无垠,欲穷千里目要更上一层楼啊。

3. 遭遇自慰男

若果天气晴好，心态悠闲，公车不挤，一程一程慢慢坐过去，当作城市观光游，是蛮爱的游戏。尤其在异国他乡，不赶时间的状态下，都喜欢逛逛当地菜市场或者超市，坐坐公车，以此形成对此地轮廓性的认识。

那日，在马尔丁老城上上下下走得累了，就想游个车河吧。从马尔丁新城沿着大路盘山而上，会先经过一个分岔的环形路口，一条路通向老城区主大街，另一条路沿着老城区南边走。也就是说，在老城区的交通枢纽共和国广场，有两趟公车可以坐。至于这两趟公车最终目的地是哪里，完全搞不清楚，也觉得没必要搞清楚。我头脑简单，想着反正是游车河看风景嘛，坐到终点站，再坐回来不就成啦。如此大事化小，小事化无，smart！

那么就随便选一趟上车吧。像车费是多少钱这种事，问都不用问，放几个钢镚在手掌，由得司机挑就是了。一二里拉的生意，穆斯林也没必要坑人。随着上山下山道路的兜兜转转，美索不达米亚平原总会以不同角度迎面邂逅，这是我在马尔丁游车河的最爱。而当把美索不达米亚都远远地甩到身后，车子已经不知道去到哪里。窗外是大片大片无人迹的荒芜土地，光秃秃的黄褐色上面蒸腾着夏日的浓浓热浪。偶尔路过一片小镇，车没停，再路过一片村落,还是没停。这一二里拉也太物超所值了吧。游车河眼见变成上山下乡,还不知道会下到哪片乡。车上的乘客也越来越少,最终,就剩我一个。车,也总算停下来了。

看看外面,这哪像一个公共汽车总站的样子?就停在一片枯草荒野中,周边就这么一辆公车。司机大叔已经很纳闷:"你是要去哪里?"做了个转圈的手势,再指指来的方向,嘴里再蹦出一个"Mardin, old town"。看,入乡随俗,怕什么语言不通嘛,一个个地蹦单词就成啦,司机大叔不也能明白嘛。

这突然停下来的点,就是真空地带,如同行走沙漠中随风扬起的沙石般没有意义。没有意义就成了意义。等待车重新再开,坐在车门口看芳草萋萋。这里是枯草而已,烈日炎炎,枯草静寂。人在阴影中,任由日光明亮得如此无心无肺。暂把自己看做一个看客,觉得在这一刻,这日影里的一幕,会记得很久。就像记得中学时的一个傍晚,趴在床上看窗外后山运动场上跑步踢球的人们,那穿透阴凉暮色偶尔传来的人声。不懂为何,生命中许多具体的事已经忘得七零八落,唯独一些无意义的情景,却经年铭记,偶尔想起。从头到尾,忘记了谁,想起了谁,从头到尾,再数一回,再数一回,有没有荒废——数什么数,由得它荒废呗。

是这样的荒废,显得太可怜了吗?司机大叔拿了水来给我喝,指给我看那远处山丘上那一片,就是马尔丁老城,我们刚刚过来的地方。我们又一起坐着抽烟。回程时他让我坐到前面,将车开得慢慢的好拍照。窗外经过几幢破旧的白色楼房,不知怎么想起了蒙德里安。其实一点都不像的,蒙德里安那大块大块的色彩格子,据说是现代经验的反应。也许只是因为这份明亮?或者又像《西西里的美丽传说》的乡下,烈日下死一般的静寂,却暗涌着惊心动魄。

　　因为坐了这一趟公车,势必又会好奇,另外那一趟,又是要去哪里,会经过什么地方。另外那一趟,因为是沿着主街而过,乘客多,车上还有个小年轻售票员。车子经过了老城新城很多居民区,有扎着头巾的胖大妈狠狠地拥抱小伙子,再结结实实地碰了两边脸颊,送小伙子上车。穆斯林男女有别,但这亲朋好友间的道别方式却忒地实在。喜欢这种方式。我随时可以拥抱陌生男人,却从不好意思拥抱亲人。这算什么事?

　　车子到底又跑远了,又跑进了无人区。车上又渐渐没人。那个小年轻,已经好几次问我要去哪里,跟他说了,也听不懂,索性不理他。但最后,连司机都下车了,车由他开,车上只得我们俩。片刻的沉默后,他扭头问:"Sex?"贱男。刚才答他英语他听不懂,这会倒懂得说 sex 了。摇摇头。"No? Come on! Sex."再摇摇头。他又拍拍副驾驶位置,"Sit here."继续摇头。贱男居然把车开到路边停下,站起来就扯开拉链掏出了家伙。噢!这我也能碰上。不得不佩服自己雌性动物的霸气太侧漏,随时都能让雄性们动物起来。"Look!"贱男得意洋洋地说。贱男居然就盯着我,自己撸起来了。今天明明很低调,连个低胸装都没穿,懒洋洋地扭过头看窗外的风景。

　　那天在车上只剩下贱男和我,渐渐觉得气氛不对的那个时刻,我本能的反应居然只是把相机收起来,把包稍稍地抱到胸前。好险,贱男对相机没有什么兴趣。

　　我无动于衷,贱男总算又把车开起来了。跑到终点站,这里居然停有好多趟车。下了车就想跑去问别人回老城应该坐哪一辆。贱男追上我,指指前面停着的一辆车。信他,上车。看到司机是一位大叔，松了口气。待到沿路开始有乘客上车，就完全松弛下来，终于又回到了老城。

晚上，藉此跟少年发嗲，"Baby，你怎么可以扔下我不管，让我独自流浪？今天我很沮丧，因为坐公车时居然遇到了自慰男。我是你的女孩，你要保护我啊。"他终于有了音信："Honey，很抱歉你遇到这样的事情。"问他这段时间过得如何，他说不过如此。为何？"Because I left you alone."他很少说温情的话，偶尔说一句，令我也跟着含情脉脉起来："没关系。我知道你爱我，这已足够。"

其实，这是远远不够的。

4. 让我们一起青梅竹马吧

土耳其到处都是乌卢清真寺。乌卢"ULU"这个词是个什么意思,为什么到处都爱用它?奥罕告诉我,是"伟大、高大上"之意。倒也是,照土耳其人自信的那股劲,他们的清真寺必定也是伟大的。马尔丁也有个伟大清真寺,12世纪塞尔柱王朝时所建,但在1832年的库尔德叛乱中毁损严重,现在寺内很是朴素,那个尖塔很引人注目,在城中各个高位置的地方俯拍美索不达米亚时总是成功抢镜,是为地标。尖塔上的浮雕,也依然精美。

那晚就坐在这个尖塔下面的天台上俯瞰乌卢清真寺。清真寺嘛,呆的时间长了,也有了视觉疲劳,正儿八经地进去观赏是很懒的,就是喜欢坐在里面或外面看人、发呆。说起看人,马尔丁似乎和我风水不合。初到那晚惊鸿一瞥的美男子们,一阵风一样全部消失不见。遭遇自慰男,这是什么运气,看来得到寺里烧烧香。但是此刻寺里很忙,人们正在做晚祷,庭院里就小孩子们跑来跑去地撒野。另外寺里居然好像有个厨房还是什么工作间,一群人在里面忙来忙去,堆了很多吃的。

正发呆,就有个壮男拿了硕大一个甜甜圈,从天台楼梯上探出头来,冲我笑笑,过来就把甜甜圈塞在我手里,又腼腆着走开。好甜,好大,好结实的甜甜圈。才吃完,三两个小少年嘻嘻哈哈地跑上来，新大陆一般看着我："你从哪来？叫什么名字？"一听到 Cin，好兴奋，直嚷嚷："Jacky Chen！ Kung Fu！"当即耍起黑鹤亮翅白虎掏心来。心里庆幸自己说的是 Cin，如果随口答 Japan，他们喊起 "Aoi Sora！ 呀咩爹！"那我怕是要 hold 不住。

耍完拳，小少年们"蹬蹬"地跑开。一会儿，其中一个又"蹬蹬蹬"跑过来，往我手里一递，oh，又是硕大的甜甜圈。实在是再也不能吃了。但这个小少年长得实在是帅气。日后想起来，还是觉得拒绝了他的甜甜圈很遗憾。小少年问："Photo？"好，那帮你照呗。但他马上就蹲到我身边，原来是求合照啊。话说也神了，他小伙伴"咔嚓"随便帮拍下的照片，还不错。他很帅。我俩很青梅竹马的样子。

尔后各自散去。我在清真寺踯躅良久，出来后，穿行于那迷宫般的巴扎巷子，突然听到有人大喊"Artoo"，在这异国他乡，分外惊天动地。循声找去，正是小少年。喊完后他有点无措，笑笑地在前面走，走两步又回头看看我。跟着他走了一程。晚上的巴扎人还真是多，很热闹很平常。我是异乡人，才看着什么都新鲜。但对于当地人来说，这就是生活。晚祷，逛巴扎，邻里熟识，随时停下脚步来，打招呼唠嗑。若果我的魔爪，在这里连一个小少年都不放过，自己都会觉得惭愧吧。难得的良心发现，遂离他而去。只是夜半无人时，想起那一声呼喊，仍觉颤动了心魂。而这种情景的配乐，我已为他找到，"偶然在街上遇见你，是那迷人的模样。看你从眼前走过，我却看不见你令人怀念的发梢。每次都想呼喊你的名字，告诉你心中的话。面对面，看着你的眼睛，不再追寻你的背影……"小少年，学会呗，至少日后还可以唱给他人听。我想和你一起青梅竹马，却是不能了。

5. 马尔丁 Suggest doing

温柔女子,对于一个旅行目的地,没有 must do 的主观推介,只有 suggest doing 的抛砖引玉,唯希望他日若你来到,have fun in here。

马尔丁 suggest doing。

No. 10:购物。

马尔丁尚未大力发展旅游业,专门面对游客的商店还不多,也就是说,主街上并没有挂满泛滥的土耳其地毯。但正是这种本土化才让人更有逛的兴致嘛。在这里,首先建议买的,是 Sahmeran 女神。

蛇在美索不达米亚,可谓是一个重要的意象。除却伊甸园里的那条蛇,在民间里,蛇身人首的 Sahmeran 更受欢迎。在马尔丁众多手工艺品,尤其是手作铜器里,Sahmeran 是常见的装饰图案。她象征着智慧、繁殖、和蔼。她是流传于土耳其东南部、伊朗、伊拉克的民间神话人物。在波斯语中,shah 是国王、领袖之意,mar 在库尔德语中则意味着蛇,那么 Sahmeran 可以理解为"蛇王"。传说很多很多年前,很多蛇生活在地下,他们都富有智慧和同情心。蛇王 Sahmeran 是个年轻、美丽的女子。有一天,一个名为 Cemsab 的男子误入洞穴,发现了大花园,而花园中成千上万的蛇在生活,其中最美丽的一条是牛奶白色的——还美丽呢,要是我进入这么一个花园,要活活吓死,天生怕软体动物,没办法——也就是蛇王。他取得了她的信任,在一起心满意足地生活了很多年,Cemsab 也成为了第一个发现蛇的人类。尔后,Cemsab 坚持要回去探望亲友,Sahmeran 请他万万不可告诉别人她的行踪。他保存了这个秘密很多年。直到某天,苏丹病重,大臣说必须吃掉 Sahmeran 才能病愈,Cemsab 带他们抓到了 Sahmeran,她对 Cemsab 说:"将我放在陶器里煮沸,让苏丹吃我的肉,让大臣喝那沸水。"就这样,苏丹病好了,而大臣死了,Cemsab 成为大臣。根据这个传说,蛇类们不知道 Sahmeran 已经死去,如果有一天他们知道了这件事,将发怒而占领城市。这个故事告诉我们——女人总是很包容的,男人总是不可靠的。

　　Telkari 也是可以谋杀许多时间的物事。这种出自马尔丁省 Midyat 小镇的传统手工艺珠宝,极尽精致之能事。要将纯金或纯银做成如头发般的细丝,将其镶入石雕凹槽中,焊接在一起,使之成为耳环、项链、手镯等饰品。因极为轻薄细致,如一个飘忽的梦。最重要的是这项极需耐心的技艺已经在这一带存活了数千年,且都是由男性传承。在一个粗犷男人的手底下织出一件轻薄如绮梦的首饰,这时间,怕也等得心甘情愿吧!

　　如果爱哈伦裤,库尔德男人的裤子也是可以买一买的。说来也是幻灭,摩登都会女子最爱哈伦裤,爱那一份舒适和吊儿郎当,觉得这种颓废范,也不是一般人驾驭得了的。忽一日在土东南才发现,什么跟什么嘛,满街老男人都是这样吊儿郎当的呢。才发现咱们这一身前卫不羁街拍典范,却是人家的传统服装。当年土耳其政府也禁止库尔德人穿传统服装,现在政策放松了,老头子们还是爱穿哈伦裤，但年轻人却是很少穿。也难为摩登都会女子天天穿着一条大裤子招摇过市，自己倒是一点不觉得别扭，就不知道那些老头子看在眼里，作何感想。

另外说起服装，据说在马尔丁 Rue Kanuni 大街 1 号，有间店铺颇值一逛。我也是个马后炮，自己在时并不知。这是土耳其著名时装设计师 Cemil Ipekqi 在马尔丁所开的服装设计所，目的是促进当地妇女的就业和发展。店里的服装和饰品，都是由其学生完成的。说起 Cemil Ipekqi，也是奇葩。作为土耳其首屈一指的高级设计师，其设计风格华丽旖旎，充满奥斯曼宫廷重重叠叠的风情——至于设计师本人嘛，还用说，一准就是个 Gay 佬。话说 Gay 佬谁没见过，只是，这样留着一抹胡须，却作不尽的妖冶婀娜之态——hold 不住……

如果要正常又便宜一点的手信，马尔丁的手工橄榄油皂可以有。据说是将橄榄油、杏仁油、阿月浑子油按一定比例混合熬制成皂液，然后舀进传统的皂池中，手工搅拌并缓慢晾干，直至凝固。用爬犁将皂块等份切割，可圆可方，整齐地码成垛堆，风干数月甚至数年，直到皂面慢慢泛出植物果实本来的颜色：金黄、灰绿、杏仁白，才上市开卖。时光在土东南的流逝，并没有引起翻天覆地的变化，这制皂的技艺，也是百年如一日地流传。

还有咖啡。前面已经说过，本地阿拉伯风味的 Mirra 咖啡极苦。如若心里对谁不爽，可买点回去送给 TA 苦死 TA。主街上有一家店专门卖咖啡，门口有一头小熊，每天都"咚咚咚"地在那里捣咖啡。走过去时，"咚咚咚"走回来时，"咚咚咚"——好寂寞的熊。

NO. 9：喝茶

茶哪里没得喝，偏偏要在这里郑重其事地提出来？当然，因为是蹭茶喝。在马尔丁要蹭茶喝太容易了。穿街走巷，屋前总坐着大叔，大叔们又总在喝茶，见人经过，就远远地喊："Cay？"通常笑笑走开，偶尔心情好，决定给大叔个面子，也会顺水推舟，"Ok. Cay."一屁股坐下，慢悠悠一起喝茶。此时，大叔就会开始叽里咕噜地聊天，要命的是，还真分不清这是土耳其语、库尔德语，还是阿拉伯语呢，总之就是听不懂。但在他们脑子里，似乎没有别人听不懂他们的语言这回事的存在，依旧滔滔地照说不误。唯有以不变应万变，一味地用微笑应酬。土耳其的大叔们，也是一种容易给人温煦感觉的物种。可以肯定他们对女生也是充满兴趣的，只是毕竟有家室、有身份地位、有宗教约束很多年，不会像毛小孩那样乱来，只是偶尔和女生喝喝茶，也挺乐呵的了。据经验，在土耳其旅行，如果有什么事情需要帮助，比如问路、打听个东西什么的，找大叔总是靠谱一点。不夸张地说，他们浑身上下，就散发着一种特别乐意帮助你的劲儿。那晚和几个大叔喝茶，一只鸡在"咕咕咕"到处乱窜，看大叔们那种开心劲儿，估计这鸡是当宠物来养的，或者是斗鸡用的，看它窜得欢，忍不住随便拍了个照。其中一位大叔，怕鸡窜来窜去拍不好，一把抓住了它，抱到跟前来给我照——大叔，你也太憨厚了吧……

No.8：骑驴

我没见过什么世面，几头驴子就能让我啧啧称奇了。每天置身于近两千万人口、车流滚滚的所谓大都会，忽一日醒来，想起自己是在异乡，一会儿可以到街上看驴子赶集，这还不算一千零一夜的话，我还贪求什么？

山城马尔丁，小车当然也满街跑，不过车走车的驴走驴的，这就是和谐共生。驴子、骡、马的存在，在这里再合理不过。这样上坡下坡蜿蜒曲折的小路，它们可是天生的交通运输好帮手。每天上午，主街上蹄声阵阵，动物们都出来赶集了。随着油盐酱醋塞满车，主人便满载而归，蹄声也渐行渐远。明晃晃的阳光日复一日地照耀着这里平和的生活，像童话里的梦。想起我们小时候写作文，都有一个个的套路，写"我的家乡"，势必要很自豪和斗志昂扬地感叹"新房子盖起来了，小车"突突突"地开起来了，我的家乡发生了翻天覆地的变化"——但，究竟是谁说一定要翻天覆地的，是谁说一定要变化的？

No. 7：寄明信片

在旅途上，不能让寄明信片成为一种负担。偶尔，有钱有闲，地方也对了，或可一寄。在马尔丁，这样的事情倒可以一做。因为，可以坐在邮政局对面茶室的树荫下，看着美索不达米亚平原，像 Lonely Planet 所说的，在明信片上慢悠悠地写下："马尔丁老城和美索不达米亚的风光真是非常出众。"我自己还多加了一句："在这里，还可以骑着驴子在石板街道上赶集。"

另外，马尔丁那个邮局得去一去。据说它是土耳其最华丽的邮局，也是全球 Top 10 最美邮局之一。邮局是一个 17 世纪的商队驿站建筑，表面有很多此地传统的 Midyat Masonry 雕饰（米迪亚特石雕），如窗子周围的雕刻和沿墙滴下来的石头泪滴。因其事，从马尔丁寄出去的明信片更加附庸风雅起来，可以更和朋友吹嘘："很珍贵哦，一般人我还不寄哦。"当然，是真的贵。邮票加明信片三四里拉，差不多十几块人民币，礼重情意重啊。

No. 6：住老宅

既然说到了老建筑风格的邮局，势必顺道说一下马尔丁老城的建筑，这也是这个世遗之城的最大特点：满城蜜糖色的石头大宅。建筑就地取材，是一路在土耳其行来发现的沿袭数千年的生活智慧。像哈兰的乳房屋，像乌尔法、哈萨凯伊夫的洞穴屋，像马尔丁的石头屋……马尔丁盛产石灰岩石料，人们就用这些石料筑起坚固的高墙大屋，石料原本是白色的，随着时光的流逝，慢慢变成蜜糖一样的淡金色——多么美妙的岁月流转，让一座城，成为蜜色之城。这些蜜色大宅，通常有着四五米高的围墙，将房屋和街道分开，形成独立和封闭的生活空间。如此在非常时期，也能起到保护安全的作用。这也反映出马尔丁长久以来作为一个军事要塞，城中人们与生俱来具有的自卫意识。

大宅通常装饰着精美石雕。石雕来自马尔丁省小镇 Midyat 历代传承的技艺。秉承传统工艺的石匠，烈日下在橄榄树的阴凉中，用榔头和凿子在坚硬的石头上雕出繁复的图案。宅院的门、窗户、柱子会雕刻着不同主题，如果房屋的主人曾去麦加朝圣，会在门的上方雕刻以"圣堂"图案，门环上也会有鸟嘴型图案，以显示自豪。而我最喜欢那种美丽的泪滴，滴落在石头上，显出无以言说的重重柔情。

所以在马尔丁，一定要选择这样一个老宅酒店来住一住，这一趟蜜色古城之旅，才显得足够婉转醇厚。我住的 Antik Tatlidede Konagi，也许是因为时值炎夏加斋月，旅游淡季，如此一个城堡一样的大宅，赫赫然三四张床的大房间，一晚的价钱，也才 260 元人民币。店里人少，安静，白天阳光洒落庭院，晚上美索不达米亚的风吹过庭院，于是整天穿着个红色裙裤，散落着长发，趿着拖鞋，上上下下地在大宅里走动，端的觉得风情无限。衬着墙壁上的华丽石雕，不惭愧地说，连《埃及艳后》这样的剧情也觉得可以演起来。所以说，在马尔丁，找一个华丽丽的大宅住着，华丽丽地拍起大片来,这个必须有。——只不过,我自己嘛,在马尔丁,是连个客串摄影师的怪叔叔都没有啊。这就是,东风不与周郎便,铜雀春深锁二乔,惆怅。

No.5: 邂逅旧识

又有旧识,在这天涯海角、独在异乡为异客之地?有啊。长久待在一个地方不觉得,出去走走的时候,才发现世界是流动不羁的,千山万水,忽一日会发现,咦,怎么会在这里碰见你?很多年前读关于墨西哥现代主义建筑大师路易斯·巴拉甘的书,为其建筑作品的用色和静谧感、诗意着迷。也由此,模模糊糊地留下了对于墨西哥乡土建筑、地中海建筑、摩尔建筑的印象——杰出的建筑师,总能在千头万绪的人类文化中,找到和自己共鸣的那根弦——如同路易斯康游历欧洲之后宗教建筑对其形成的深切影响。远在南美的路易斯·巴拉甘,昔日也是一趟欧洲之旅,西班牙的伊斯兰花园、北非的摩尔建筑、法国学者费迪南贝克笔下的地中海庭院,都对其创作产生了深远影响。而墨西哥本身又是西班牙的殖民地,文化的联系更是千丝万缕——世界虽大,却因盘根错节而产生"这里也是既见君子,那里也是邂逅相见"的幻想。

那一日,就在马尔丁邮局对面的一个小餐馆里午饭,愣愣地坐在庭院里,看着前面的黄色围墙。墙上几许植物,墙根下摆着几只陶罐。咦,这样的光影,这样的彩色,这样的陶罐用来做置景元素,甚至这墙面的粗绒般的质感,不就是路易斯·巴拉甘吗?大师在普利兹克奖授奖仪式上曾经讲道:"现在的建筑物不仅缺乏静谧、静默、亲切和惊奇这类概念,而且像美丽、灵感、魔力、魅力、神奇这类词汇也消失了,令人担忧。而所有这些正是我心灵的渴求，虽然我知道我还未能将其在我的创作中充分运用和展现，但它们一直是我不断的追求和创作的指南。"而远方这个小城、这个无名餐馆的小角落，是要告诉我那些静谧、魔力、美丽，倒是从未在民间失落吗？也难怪我在马尔丁那么多天，正经的景点从没有特地去寻找、去参观，每天也东奔西跑，非常忙碌的样子，单只眼前的这一抹高饱和度的黄色墙体和变幻斑驳的光影，已经消耗了我一个中午的光阴和许多心力，也由此和这个城市有了更加个人的记忆。

No. 4：爬山

因为山在那里，所以就要爬一爬。

好无理。可我就是这样想的。

马尔丁依山而建。我站在街上，看着山顶上，有一面旗在飘。那里应该是马尔丁城堡。问人怎么能去到那上面，但别人支支吾吾地说不清，半天总结下来，就是那上面不开放，没得去。

可不信那个邪。语言不通半天问路问不清楚，就凭自己的智商往上爬呗。事实上这件事情对智商要求也不高，反正沿着那些四通八达的巷子，不断地往上往上就对了。每上多一层，就驻足看看不同高度下的美索不达米亚。开始日落了，平原上暮霭沉沉，一抹粉红，一抹粉蓝，这样的颜色，每天都看不厌。在乌尔法时也是这样看的。在新疆时也是这样看的。前面的路有点犹疑了，屋顶平台上一位大叔大婶正在唠嗑，打手势向他们问路，大叔手一指，往上的路又豁然开朗，就这样越走越远。最终，整座城市都在脚下。

山顶上，铁丝网围着城堡，还有禁止入内的持枪军人图案。——后来得知，这座城堡素来有"鹰之巢穴"美称，为历代国王和苏丹的宫殿,城堡里除了有洞穴屋,还有一座地下城。城堡在过去几十年里都为土耳其军队所用。那段时间,总理埃尔多安宣布城堡将作为旅游景点面向游客开放。但军队迁出城堡需要费用,国防部和文化旅游部都不肯掏钱,所以此事一拖再拖,具体开放时日未知。而现今,暮色时分,铁丝网围着的城堡,目测范围内无人。不知哪里有大鸟,还是其他什么动物,时不时传来几声低沉的鸣叫。

整个山顶上只有我一人,城市就在脚下,一幢幢的房屋散落,偶尔飘来一些人声,炊烟袅袅,鸡犬相闻。他们不知道,有人正在上面俯瞰着他们。如果此时我手里有一枚导弹——科幻片也看多了,总想起那些镜头——那些人手里有摧毁性武器,只需点一下按钮,远处美丽平和的蓝色星球,"轰"的一声,灰飞烟灭,懵懵懂懂的人们,什么都不知道,多痛快。我没有导弹。趁着四处无人,苍茫暮色辽阔天穹下做了另外一件事。杏子虽甜,吃太多绝对不是件好事。

虽然是找了个草丛蹲着,心里还是觉得颇有点不敬。将整个城市踩于脚下便便也就罢了,山顶上除了城堡,还有一大片墓园。但是先人们应该也能谅解:人有三急,罪过罪过。顺带我觉得奇怪,为什么自己总是能遇上墓园。那年在新西兰凯库拉小镇,有一天翻山越岭地去徒步,也是在周边完全没人的情况下,在一片山坡上走过一片墓园。那天在乌尔法爬山,爬着爬着也是。今天又是。人说不走寻常路,难道墓园风光,也算意外收获?暂且算吧。暮色,墓园,野草,小径,城堡,无人,索性坐下,静静等待天黑。山谷中那一撮人居。四处茫茫荒漠原野包围。文明就是这样一点点繁衍生息的。第一盏灯亮了,而后一盏两盏次第亮起。

第五章 马尔丁，爱在西元前，飞过沧海桑田

天色全黑时，山谷中就泼洒出了一片流光溢彩。拼命用我那小相机"咔咔咔"，它 handle 不了这样的大场景，但也尽力了。

坐到无可再坐下去，就一步步小心地往下走。真的很小心，放低重心慢慢地走那下山路。乐极生悲见得多了，这次可不能有。鞋又滑，路又陡。警告过自己不能得意忘形，不能摔跤，就一定要小心翼翼。而且也跟先人们说了一声："那我现在走了，你们保佑我不要摔跤哦。"如此心满意足，平安归来。

是夜，给少年发邮件。很是吹嘘了一把自己一个人爬山的壮举，并且说："我可是一点都不怕哦。你知不知道你有个多了不起的姑娘？"他什么都没说。也是，叫人家说什么好？前一天抱怨说坐公车遇到自慰男你为什么不在我身边保护我，后一天说你知不知道我有多牛……睬她才傻。

我不介意他没有附和我得意洋洋的心情，我介意的是当我问他"你还在安卡拉参加婚礼吗？我要去安卡拉找你"，他没有了消息。

在那个每天寂寞地捣咖啡的小熊旁边，有一家网吧店，里面还兼卖橙汁。每天都要去喝三杯橙汁。每杯橙汁用三个橙子榨出来。才第二次去时，那个颇有几分姿色的年轻店主已经不用问，看到我走近就榨起橙汁来。喝掉 36 个橙子后，离开了马尔丁。

就这样？马尔丁 suggest doing 才倒数到 No. 4 呢！数学不好也不能这样赖皮啊。

就这样了。那 3、2、1，等你告诉我。

第六章

迪亚巴克尔：
玄武岩下老泪纵横

嫌人家酒店贵，不住在这里，还跟人家要了wifi密码上网找住处，搁在中国，我可不敢这样做，服务员们动不动的晚娘面孔，就令人不想自讨没趣。

这是在土耳其，尤其是在土耳其东南部，这里的人们还没有被游客的风气带坏，他们自然纯朴的好客热情已经将我宠坏。即便这里是迪亚巴克尔，是自20世纪80年代以来库尔德反抗运动的中心。

在斋月结束之前，我离开了马尔丁。我那简单的头脑思维很直接和理所当然：既然斋月禁吃禁喝，谁会在斋月中举办婚礼？少年Uncle的婚礼一定是在斋月结束的那几天才正式开始，之前听他说过婚礼要举办好几天的party，那么他们一早去到安卡拉参与筹备也正常。斋月马上要结束了，我很想念他。虽然之前约好在旅程最后一站他才跟我汇合，但女生有改变主意的权利。并且我又没要求他提前来找我，我只是问："你在安卡拉是吗？我去找你。"Thank God，暂时我还负担得起这想去哪儿就去哪儿的路费。爱只是一场偶可为之的游戏，天天玩可玩不起，这个大家心里都要清楚。我正投入在游戏中，理所当然以为别人也在游戏中，继续咄咄逼人："Baby，帮个忙，问一下妈妈，我是否也可以去参加Uncle的婚礼？你知道我对土耳其的社会文化、生活习俗很感兴趣。另外我也知道土耳其人很好客热情，他们会欢迎朋友，so，问一下妈妈。"

就这样，我离开马尔丁，计划在迪亚巴克尔作短暂的逗留，顺便去一趟底格里斯河上的要塞哈桑凯伊夫Hasankeyf，然后从迪亚巴克尔飞往安卡拉，去找我的少年。即便在离开马尔丁的时候，还没有收到他的任何信息。我只是这样决定了。

不是能吃苦的人，很怕流落街头，且没什么力气在烈日下拖着个大箱子在陌生的城市到处找住宿的地方，因此每到一城之前，都会先预订好旅馆。但这次去迪亚巴克尔决定得仓促，并且想体验一下《LP》上推荐的由16世纪商队驿站改建而成、据说有漂亮庭院的 Otel Buyuk Kervansaray，这个旅馆又不能预定，违背了我的 Booking 习惯，遂难得地让自己缺乏安全感了一次。只好到迪亚巴克尔后直接去 Otel Buyuk Kervansaray，看能不能住。

迪亚巴克尔给人的第一印象比较破败和乱哄哄，大街上会有垃圾，观感不如乌尔法和马尔丁整洁平和。再加上心里存了成见，据说在老城里前几年还发生过杀害台湾女游客的案件，《LP》上也提醒在该城的主要景点、罗马时代的古城墙上游览时要多加小心提防抢劫，刚刚进得城来的时候心里不轻松。Otel Buyuk Kervansaray 看着尚可，典型的商队驿站四方格局围合式院落的建筑，特别的是，不同于乌尔法和马尔丁的蜜色，这里是黑白相间的石头，据说是玄武岩。这也是迪亚巴克尔这座城市包括清真寺、博物馆在内的老建筑的最显著特点：黑白相间排列的石头，显得肃穆冷静恢宏。这个城市的主要居民库尔德人的性格又是粗犷热情的，建筑风格与城市性格的矛盾与融合，倒令我不知不觉地留下了对于这座城市的第一印象。以后每每想起迪亚巴克尔，立刻就能想起那些黑白的建筑以及那碟捣烂的茄子，尽管在这个城市逗留的时间很短暂。茄子的来历稍后再说。

只是 Otel Buyuk Kervansaray 太贵。服务生领着我看了房，说每晚80。虽然房间确实如《LP》所说很小，但既然是老建筑，80就80吧。但慢着，服务生居然加了句，"dollar."脑子立刻乘以6，我一惊，贵！在乌尔法和马尔丁住得那么惬意，每晚也才200多人民币。迪亚巴克尔仗着是"土耳其库尔德斯坦的非官方首都",物价马上就贵起来啦?不厚道,不住。回到前台坐下,笑吟吟跟人家要 wifi 密码,立刻打开电脑 Booking 起来。订妥一间才 150 元人民币一晚的 Hotel Birkent,心情大为轻松,继而得寸进尺,问服务生可否拍拍照。所以说真是佩服土耳其人的随便,服务生又是手一挥,随便。由得我独自上上下下跑遍酒店,还站在楼上看一只白猫走过庭院看了很久。再进到后院,原来这里有一个湛蓝湛蓝的泳池,在土东南,缺水之地,又是在老建筑里面,还搞了这么个泳池,怪不得贵。不住在这儿,也是一点遗憾都没有,反正,已经逛个遍。

迪亚巴克尔不大,市中心就是 kibris caddesi 和 inonu caddesi 两条街围着的区域。Hotel Birkent 就在 inonu caddesi 上,简单的商务型酒店但很整洁,麻雀虽小五脏俱全,最紧要的 wifi 也即时连上。后来发现《LP》上是这样介绍的,"我们在这里看到了女游客,这是个好兆头"。我贪图便宜自投罗网,倒是没投错,在迪亚巴克尔,女游客算是个稀罕物。Hotel Birkent 真荣幸,又招待了一位女游客,还是来自 Cin 的,蓬荜生辉啊。拉开房间窗帘看着下面漫溢着日常生活景象的街道时虽然有几分惆怅,时光匆匆,就此告别了中世纪风味古城深宅大院的日子,但是 Hotel Birkent 房间紫色的床褥、绿色的窗帘、淡金的墙面交织出的轻快浪漫,倒也有几分令人欢喜。只是,每次都会想,此时若他也在,该多好。每次都是空想。打开电脑,依然没有邮件。发了一会儿呆。快刀斩乱麻,就订好了后天去安卡拉的机票,那一天,正好是 8 月 8 日开斋节。

1. 有一天，你也来到这城墙下喝喝茶吧

我的执拗劲上来了，在下午的大太阳中前前后后走遍 kibris caddesi 和 inonu caddesi 大街，想要找到果汁店。竟然没有！果汁是在土耳其安身立命的根木，迪亚巴克尔市中心大街方圆十几分钟的步行范围内竟然一间果汁店都没有。经过 izzet pasa 大街时看到一个店铺开着似乎有吃的，就摸进去吃了个下午饭。店老板又是个大叔，很热情，什么菜都往我盘子里堆点儿。要杯酸奶喝着喝着，他又拿出一大罐散装的酸奶倒了一大杯让我尝。大吃大喝完，一结账，才 9 里拉。大叔说，明天再来哦。当即应诺。怕不记得是哪间店，走出门口，还随手拍一下以作记号。

来到迪亚巴克尔没理由不去城墙走一走。城墙不短，约莫有 6 公里，分成几段，围绕着旧城。理想的是来个绕墙徒步一圈，一定好玩，但一定会累死。并没有那么多体力与时间来和迪亚巴克尔发生这么深的关系，就想拣个重点，到《LP》介绍的要塞（IC kale）那一段护墙上看一看，据说可以在那里欣赏底格里斯河的美丽风光。谁知道，千辛万苦找到要塞，却发现已经围起来了，因为在重修没有开放。登上旁边的城墙放眼远眺，根本没看到半点儿河的影子。天色已黄昏，因为书上和网上的警告，一个人在城墙上爬来爬去，还颇有点小紧张地前后左右提防了一下，但压根

没什么人。城墙下清真寺边、路边，到处坐着唠嗑的老人，小孩子跑来跑去。没有什么人吓到我，当我蹑手蹑脚地想拍摄城墙下的一只野猫，倒把它给吓着了。罗马及拜占庭早期的恢宏玄武岩城墙，现在是野猫和野草的天下。没有人将它们圈起来收门票，也许土耳其人只是太懒了。

漫无目的地走，不知怎么就走到了某个城门外，不知怎么就发现了城墙外的一个茶室。小板凳小桌子很质朴可爱，猫咪在玫瑰丛中跳来跳去，播放的音乐不愠不火刚刚好，玻璃的围墙栏杆外笔直的郊外公路上，落日的金光洒满苍苍莽莽的田野，如此辽阔悠扬的景象，又一次自得其乐。来来去去，总会有人伤了你的心，但与这天地何关呢？它们总是那么美丽地存在着。你经过，观看，能做的，也唯有此。而这样，已经是莫大的福分。

土耳其的红茶，真是有助于恢复体力。倚在玻璃栏杆前一杯杯地喝着，准确地加糖，每杯两颗，好傻的强迫症。日光消逝，一盏盏灯火亮起来，又一个旅途上的夜晚。城墙下有工作组做节目拍摄，其中有帅哥摄录师出没，看了看，走开了。其实起码应该敬业一些的，从今以后的旅途上记得了，见到帅哥，起码要举起相机拍一拍，不浪费人间风光。

迪亚巴克尔的半天漫游，去到的地方是哪里都分不清。但真好！有一天，你也来到这城墙下喝喝茶吧。

回到旅馆，没邮件。

睡觉。

第二天要早起到哈桑凯伊夫转一圈。

2. 两河伊甸园

命运的悬而未决，最为难堪。于人如是，于地方亦如是。

幼发拉底，美索不达米亚，最后，我终于来到了底格里斯河。

幼发拉底河的碧绿深邃，像女人。那底格里斯河的苍黄浑厚，就像男人。两条河已成就一个伊甸园，根本不用四条。

早晨从迪亚巴克尔出发，经小城巴特曼转车，到达底格里斯河上的古城哈桑凯伊夫 Hasankeyf，时近中午的太阳，一下车就把人晒得七荤八素。阳光太毒辣。

路程不算远，从迪亚巴克尔到巴特曼，约莫一小时，从巴特曼到哈桑凯伊夫，约莫40分钟。沿路连绵的光秃黄山，人迹稀少，日影荒荒，就像在宇宙洪荒里跑着，以为不会有到的时候，就永远都是这样跑着，终究还是到了。黄色的河流在视野里出现时，多少有几分震动。它太原始。就这样从山间蜿蜒而来，配以这样的颜色，分明就是流了已经不知道多少日月的意思。

来来回回地在这边新桥上走动，看那边河的中央，残缺的古老桥墩。哈桑凯伊夫的历史自公元前已开始，曾经是拥有坚固城堡的底格里斯河上的要塞，现存的遗迹大多建于11-12世纪的阿尔图格王朝时代。那几个桥墩，是12世纪时所建大桥的遗物。桥已不知何时崩塌，古城的命运也不知何时终结。庞大的 GAP 工程有一天会将这里吞没。工程里规划的 Llisu 水坝,将淹没从巴特曼到马尔丁省米迪亚特的大片地区,其中就包括这座历史古城。规划招致了许多人的抗议,几个外国投资商也因反对声而退出,但这项计划不会停止。只是,何时正式启动,何时哈桑凯伊夫将被淹没,政府并没有给出明确的说法。所以,它在等待着自己没入水下的那一天。

其实我也没什么好看的。只是当初有了要来看这条河的意思,就好歹还是来了。来了,也只是看看,总不成,还跳到河里游个泳?我又不会游。放眼望去,说是古城,其实按我大中国的尺度来看,就是河边一小镇。烈日当空,人没几只,一片静寂。我的意思是,没有人理我,没有人蹿出来说:"走,河里鸳鸯浴去!"在桥上来回走了两遍,假装专业摄影地兢兢业业寻找角度,唯有一二过路车呼啸而去,又重归静寂。

下到河滩边,沙石隔着鞋子,都非常烫脚。虽然是从亚热带城市来,以前都觉得高温中暑而死就是个笑话,但如今在这两河流域的盛夏骄阳下,就觉得一切皆有可能,随时能中暑倒地或被这沙石烫死。这里的阳光是完全无阻挡、赤裸裸地直射下来的,越是湛蓝的天空,越是杀伤力巨大。河水远看虽黄,近看倒是清,下面粒粒石头分明,没有什么污浊物。河岸上几棵树,下面黑压压休息着一群动物。是羊吗?毛发卷茸茸的,看着就觉得里面不知长了多少虱子。它们的表情很憨厚天真,似乎会笑。看我举着相机走近,有几分惊惶。也不好意思太打扰它们,站定了拉近镜头拍。它们的表情又放松下来,睁大眼睛看着,颇有几分好奇。动物的脑子里面,都会在想什么?

另一棵树下的一群动物里,坐着一个小孩,头发乱糟糟,穿着乱糟糟,倒和动物们浑然一体了。这是土耳其版的牧羊女吗?没有一丝文明的诗情画意,非常原生态,似乎时代在这里完全没有变更,原始社会的气息扑面而来,就像看到的,是人类刚刚开始驯化动物作为家畜时期的一幅日常情景。我稍稍有点震惊。意识到哈桑凯伊夫虽然名声在外,但实际上完全没有作为一个旅游景点而存在,这里还是数千年来实实在在的生活。我怎么会从灯红酒绿充斥着各种假象和谎言的大都会,千山万水来到这人类历史才刚刚开始的画面里,这每每想起来依然感觉离奇。时光穿梭机实际上是存在的,它藉由空间的转换,实现了对于不同历史年代的感知。我只能说,一切要趁早。要看不同的风景,一切要趁早。趁着土东南,还没被游人的脚步践踏变味。才想着呢,就有一个八九岁的女孩走来问我:"Photo?"既然已经来到这河边,好歹到此一游吧。她帮我拍得一两张,手一伸:"Money。"我前后看看,河岸边有一土屋,几件衣服晾在外面迎着阳光招展。这女孩可能就是那户人家的。生活艰难,我又何必顿感失落呢。问她:"1里拉?"她已经兴高采烈,连连点头。放了个硬币到她手里,她很开心,指点着我到另一角度再拍几张。Enough,已经快被晒死。

回到桥上看另一头河边,山岩上一个个洞口,应该是洞穴屋。哈桑凯伊夫不是只得一条河,这里当然还有历史久远的城堡、清真寺以及奇形怪状的洞穴屋。但我已经疲惫,又快被晒干,什么都不想再看,只想在镇子上沿河边找个地方吃喝一下,然后回迪亚巴克尔。本来在桥上看着镇子沿河边有一溜馆子的,走近一看全都没开。这斋月,还没过去呢。又饿又渴,在街上踟蹰。被一个小伙拦住,说:"让我带你环游一圈哈桑凯伊夫,有很多东西值得一看。一定要去城堡以及宫殿,从那里俯瞰底格里斯河,景色很棒……"我没什么兴致,只说没时间,要赶回迪亚巴克尔,明天一早还要飞往安卡拉,其实是下午的航班。他纳闷:"去安卡拉做什么?没有游客去那里的,那是个太政治化的城市。你怎能只给哈桑凯伊夫这么一点时间?很多人来到这里,都会停留两三天,觉得这里很好,很喜欢。你起码应该略略转一圈,只要一两个小时就可以了。我还有自己的洞穴屋,可以带你去参观……"

不太懂怎么拒绝人,也觉得是否应该职业精神一点,既然来了能看就看一下,而且他说到洞穴屋,我有一点兴致……就这样开始哈桑凯伊夫走马观花游。他叫欧曼,有浅褐色的眼睛,个子不高但身材灵巧。

欧曼的洞穴屋空空荡荡。其实这一带的洞穴屋已经全部空空荡荡,没有人再真正住在里面。只是盛夏骄阳下,里面还阴阴凉凉的,挺舒适。欧曼将这里当成自己的行宫,铺了一个床架子,再扔个毯子在上面。毯子还是红色边的,洞穴屋里就有了一丝香艳的意思。他说经常会来这里发呆休息。我们此刻也休息着。本来我对哈桑凯伊夫全无概念,没想到镇子主街过了清真寺后面,还有这么一大片山峦,山峦里藏有这么多洞穴屋。这就像卡帕多西亚的地貌,虽然我没去过,想来也差不多,连绵广袤的岩石、岩洞,瑰丽而诡异,像在另一个星球上的景观。游览的季节一定很重要,盛夏显然不适合。只在这光秃秃的山岩里走个十几分钟,已经后悔点头答应这一趟走马观花。再历史古迹的城堡,也没什么体力去瞻仰。但我不忍心表露这一层意思,每一个土耳其人都觉得他们的家乡好得不得了,游客怎能不投入热情好好看一看呢?

奔波半天,头发乱糟糟的,解开辫子梳头。欧曼眼神一亮,说喜欢这样散落长发的样子。洞穴屋外日影惶惶，全无人迹。天地间似乎只得我们两人，莫名其妙地待在这么一个原生态的屋子里。气氛一点点暧昧起来。欧曼开始抚摸我，吻我。亲一下他的耳垂，他全身一激灵，酥麻的感觉显而易见。每个人不同的敏感点，还真是件有趣的事情。他拉住我的手说："走，让我们去看城堡。"

我们到底没有去成城堡。太晒了，那在山洞岩石间走来走去的道路也叫我吃不消，走几步就跑到岩洞里歇一歇。欧曼劝我留下来，可以晚上在底格里斯河边用餐，躺在河边看夜空满天星星。他还有能歌会唱的朋友，晚上一起河边弹唱，也是很惬意的事情。第二天一早起来爬山上，看底格里斯河的日出。听起来好像很浪漫。欧曼纠正我："不是好像，是真的非常非常浪漫。"

只是，我不爱他。不爱他本来也不是个问题。我心里有事，这就是问题。心里有事，就张张惶惶的，再也不能安心驻足停步，去享受身边现有的、现见的。在幼发拉底河如是，没曾想在底格里斯河亦如是。若是我肯安心，脑海里将收录下更多关于这两条河流的美丽情景，故事也许会是另一种讲法。但在彼时彼刻，就是不能。

欧曼带我下山。他说天气太热，看样子你太累，也没什么兴趣去城堡。我如获解脱。

他送我去坐车。我们在大街上匆匆而过。从这一程开始我的旅途七零八落，许多时候丝毫没有举起相机的欲望和力气，所以遗忘了很多场景和记忆。当我试图回忆起站在街上，回头看山坡上他的房子的模样，却再没有具体的画面可供追索。我已经不是一个旅人，而是一个将心一片片失落得到处都是的流浪者，最后，就会变得很轻很轻。减肥，就是要这样减，才管用。

在路边他朋友的店里，欧曼找了一张纸，一笔一划写下他的全名，他的邮箱，他的电话。这张纸我一直保留着，邮件也没发过，电话也没拨过，只是姑且留着。我们在店门口等车。车来了，他却又突然把我拖回店里。我紧张，这是做什么？我怕误了车。他却只是拉我到店里行个道别礼，紧紧抱一抱，两边脸颊碰一碰，再拖我出去，塞到车上。车开动，他留在身后的马路上。车子过了桥，哈桑凯伊夫远去在身后。

这个命运悬而未决，令人感觉难堪和悲伤的地方，下一次，不知还能不能再见了。

3. 冠盖满京华，斯人独憔悴

  回迪亚巴克尔的小巴士，没有什么人，除我之外，车上的乘客来来去去只得一位大叔和一位青年。司机也是一位大叔，停车在路边买水，顺手也递给我一瓶。这样自然而然的好意推却就显得矫情了。时近傍晚的阳光更加猛烈，在车上来来回回地换座位，都逃不过它的炙烤，倒把坐在后排的大叔和青年晃到眼花。想起乌尔法的怪叔叔，看我那样逃来逃去地躲太阳就呵呵笑，走在哥贝克力丘石阵中故意仰头张开手深呼吸，做迎接阳光让其畅快淋漓地泼洒在身上状，让我也跟着做，我才没那么傻。想着想着就睡着。醒来还是热辣辣的阳光，风吹进来都是干燥的热浪，窗外两河流域金黄色的原野绵绵不绝奔向天际。再度睡着。不知做了个什么梦，突然间惊醒，迅速抬头张望，忘了自己是在哪儿，而车子何时停在了路边，张惶的目光转到后座，正对上大叔的眼神，他示意，不用紧张，临时停车。原来田野里，路边人家，司机大叔下去买甜瓜。那一瞬间梦醒时分的惊惶，回过神后，把自己吓着了。

  回到城，就直奔 izzet pasa 大街上的那个餐馆，并没有忘记昨日的约定。而且从一早出门到现时傍晚，已一天没进食，将骆驼的本领发挥得淋漓尽致。街上很多店铺已经关门，这是斋月的最后一天。太阳一下山，他们就将进入到开斋节的阖家团圆普天同庆中去了。进到餐馆就觉得气氛不对,昨日洋洋洒洒摆了一溜菜肴的餐柜这会儿是空的,但老板大叔已经热情洋溢地招呼我坐下,现从冰箱里拿出肉饼煎起来。很狼狈。也就自己这样笨笨的,答应人家明天再来就真的来了,但又偏偏挑正打烊的这个时分。几位伙计都时不时好笑地看我一眼,手里纷纷收拾着家当,准备回家过节。最后,只剩下老板和他儿子这个小少年,伺候着这个狼狈的客人。拿了他爸给的钱,小少年不知跑哪里买了大饼回来——店里已经连主食都没有,加热端上来,再倒上酸奶,老板把煎好的肉饼也端上来,父子二人笑眯眯地退下,站门口和过往熟人打招呼聊天。真心希望多几个熟人过来,他们可以聊久一点,不用这样白白地在等我。本来平时吃饭就慢,吃着吃着就像在玩,为此被少年蔑视过好几次,现在大口大口往嘴里塞,脸部快速的肌肉运动很累人。笨死算了,来这儿看到人家要打烊就该抽身走了,还坐下;但他们也实诚,不仅没有把我赶出去还招呼我坐下,如此相互实诚,尴尬狼狈。这是平生吃得最快的一顿饭,最后和老板道别,他依旧笑眯眯,想对他说一声开斋节快乐,又不记得单词。他们真该回家准备过节了,傍晚的街上已经没什么人。

开斋节在土耳其也称"糖节",嗜好甜食的土耳其人,在一个月的斋戒之后,以各种甜到没朋友的点心、巧克力、糖果,庆祝精神的又一次圆满洁净和正常生活的回归。像西方的万圣节,开斋节里小孩子可以有一家家去敲门要糖果的权利,也像中国的新年,穆斯林在开斋节里习惯穿新衣,除到清真寺里做礼拜听讲经,也四处走亲访友,殷勤致意,相聚言欢。

8月8日开斋节那天,Hotel Birkent 的前台摆了五颜六色好大一盘糖果。想挑一颗甜一甜,又犹豫哪种好。前台小伙子笑一笑,左右翻检，找了一堆粉红色的他认为好吃的给我。含着糖到街上逛一逛，果然甜，但"冠盖满京华，斯人独憔悴"的寥落意味却渐渐在心底升起。街上一开始看到的都是小孩，笑嘻嘻三两成伙嬉戏打闹，每个人手里都拿着吃的，糖、烤玉米、面包圈……是的，这斋戒总算过去，白日里可以兴高采烈吃起来了。走到 Gazi caddesi 大街上的哈桑帕夏客栈 hasan pasa hani，节日气氛迎面而来。这是幢16世纪的商队驿站，黑白石头，内有庭院，前些年经过大规模整修，现时是地毯商店和纪念品商店，以及茶室和餐馆。那天午间曾经来过这里，没什么人，但今天已开斋，二楼一个个的餐馆、咖啡馆里坐满一桌桌的年轻男女——当然主要还是男人，闲坐聊天，热热闹闹。在这种热闹旁边翩然飘过，看到一个咖啡馆门口有留言板，于是在密密麻麻的土耳其语中留下一张汉语词条。

尔后飘到附近的一个清真寺，也不知道是不是地图上指引的ULU 伟大清真寺，就当它是吧。寺里庭院很广阔庞大，如果这就是 ULU 清真寺，那它应该体现了拜占庭、奥斯曼、阿拉伯三种风格的融合，但我只记得很大，有恢宏气度，且门楣上有精美雕饰。另外，记得的就是做礼拜的人鱼贯而出，一个个穿着哈伦裤的库尔德老头，步履都很蹒跚了，依旧天天来清真寺。今天是开斋节，上午的功课更是隆重。

本来无论我怎么一路放肆，遇到的都是宽容不介意的人。这一次，终于有本地人对我不客气。坐在寺内主礼堂门口的长条石凳上抽烟，门牙掉光、颤巍巍、哈伦裤快拖到地上的库尔德老头，礼拜出来看到我愣住，神色严肃，指指点点。不明白他说什么。他急了，踱步上前，拿走我手里的烟，掐灭，又给回我！明白了，怪只怪我竟然如此恍惚，居然坐在这里抽烟，老头责怪我气到和熏到安拉了。但是安拉,他为何一直没有消息,没有邮件,为何一句话都不说?我也不觉得是焦虑或伤痛,该做什么该去哪里还是一步步做完安排好,只是此刻坐在这里,满院日光,天色湛蓝,却无端端一直汩汩流泪,止也止不住。这也不是哭,没声音的,就像放默片一样。这默片一定很无聊,只见一个人,脸颊上两行液体川流不息,是要怎样。

黑白玄武岩的城市。黑白肃穆的清真寺。

老泪纵横。

在开斋节的下午离开迪亚巴克尔。打车去机场,机场并不算远,这两天在迪亚巴克尔打过几次车,来来回回都是10里拉,以为这个价钱是通吃的,下车就递10里拉给司机,一位长相魁梧的青年。他摆手示意不是这个价。又翻出个20里拉给他,还是摆手。恼了,把钱包塞到他跟前,你看着拿吧。他小心翼翼地翻了一下,拿张10里拉,再拿张5里拉,眉开眼笑,Ok。大哥!给你20里拉时你就不能直接揣上走人吗?!实心人。

再讲一下之前提到的那盘茄子。那天晚上在酒店旁边巷子里的一个餐馆晚饭,他们真是殷勤——烤西红柿,看我整块拿起来吃,服务生看不过眼,上来动手示范,给我把西红柿的皮全剥了;烤茄子肉饼串,我茄子是茄子肉是肉的原始吃法也被颠覆,串烧大叔跑过来,帮将茄子皮全褪下来,再用叉子捣碎,肉饼也捣碎,全部搅拌混合到一起,如此,再放到饼里一卷,原来,茄子kebap是这个吃法!冷汗冒了一身,真觉得在土耳其这么久白混了。而服务生和串烧大叔你方唱罢我登场的热情也令人冒汗,他们也没什么目的,只是觉得这样做就很开心。

直到你来,你看见,你感知。

第七章

安卡拉，这里的寂寞令我惊呆了

飞机一直在强光里穿行。万尺高空之下安纳托利亚一马平川，浩浩荡荡。但这其实都只是感觉。我被夹在两个大叔之间，压根看不到舱窗外的景致。本来强迫症，坐飞机一定会预先敲订好或靠窗或靠走道的位置，断不可被夹中间。然而这次强盗遇到兵，上得机来就发现我靠窗的位置被一位老大叔占据，掏出登机牌来研究半天，他也没有把位置让回的意思，念在他发已花白，只好忍气吞声，在原属于他的中间位置坐下。少顷旁边位置又来一位大叔，如此两下夹击，顿觉自身的存在感太强，索性蜷缩身体闭目养神，两耳不闻窗外事。偏偏老大叔又悉悉索索地掏出一把糖来，与旁边我等分享。

Anadolu Jet 是土耳其航空的子公司，经营国内很多航线，价格比土航本身要便宜，服务标准必然也不同。但我也觉得没有差，虽说免费托运行李规定只是 15 公斤，但我那大箱子 20 公斤，在迪亚巴克尔机场 check in 时他们一样笑笑就放过，没有索要超重行李费。只是临近降落时，飞机好一阵晃悠。饶是经历过 N 多空中过山车，这次依然觉得忒狠了点儿。于是一排位置三个人都沉默不作声，齐齐含着糖，举目望窗外，看这安卡拉到底晃悠到了没有。但见连绵的红色屋顶，在蓝天和黄色大地的背景中映入眼帘。这安卡拉的第一眼，色彩如此分明，阳光如此明亮，却每每想起来，有一种透明无声的寂寞感。

第七章 安卡拉，这里的寂寞令我惊呆了

1. 悉心安排，却是笑话一场

看戏看多了的人，脑子里总是有很多戏码，随时想代入到生活中。明知不可能，一路还是有幻想，少年会不会是故作沉默，然后在机场等候，给我好大一个"Surprise!"

没有的。这些都没有的。任凭在机场出口怎样张望，那些等候接机的人里，没有我的人。机场大巴 Havas 自然是有，进到旧城区 Ulus，再转乘的士到达要去的"嘈杂的'新'安卡拉的中心 Kizilay 区"。当初订了 Kizilay 区的 Mina 1 hotel，也是因为这里是市中心，地铁站步行在即，如少年要在酒店和他 uncle 家往返，想来也方便。知道受男女授受不亲之规则影响，土耳其酒店简直是以家庭房和标双房为主，大床房非主流，如非注明，一准又会被安排到不知多少张床的房间里，所以订酒店时特别标明了要大床房，来到酒店 check in，也再次强调是要大床房。如此深思熟虑，悉心安排，却是笑话一场。

谁说 Kizilay 嘈杂的？进到城来我简直惊呆。安卡拉一片静寂，大街上空空如也。临近 Mina 1 hotel 的大马路 Mithat pasa cad，车流量几乎为零，两边店铺纷纷关门。位于安纳托利亚高原西北部的安卡拉，8月上旬已颇有凉意，暮色里风吹过 Mithat pasa cad 大街，不胜萧索。Mina 1 hotel 隐蔽地位于街旁一个居民区里面，居民区里更是安静到可怕，全然没人。空城，空城，开斋节里的空城。3天小长假，人都不知跑哪儿去了。在迪亚巴克尔哈桑帕夏客栈热热闹闹的节日氛围里，是觉得"冠盖满京华，斯人独憔悴"。如今在这里，这一份静寂，更是凄惶到可怕。

然而境由心生。同样的环境，心情对的时候，就是宁静安详；心情不对，就是这里的寂寞令人惊呆。怪只怪，这一天，心情如在冰窖地狱。

来到酒店，进到房间，行李都来不及打开，就查邮件。怎么可能还是没有！逼到最后一步，在那几百封邮件里找出他之前曾发给我的电话号码。素来有电话恐惧症，最不爱打电话接电话，这是第一次，拨他的号码。心上压了千斤铅球，忐忑不安。没打通。正好服务生送茶进来，跟他借了电话继续打。好陌生的声音啊，在电话里。我被吓到了，狼狈地说出自己是谁。他也被吓到，继而说："我现在很忙，不能和你聊，回头给你发邮件。"他的声音是那么不耐烦和冷淡，是我听错了吗？追问他现在哪儿？"正在回马拉蒂亚的路上。"当听到这话时，完全傻掉，只说得出一句"Are you kidding me？"再无话可说。他在那头说什么，也再没力气听，也不知道按掉电话，就是面无人色地抬起头来，直直把电话递回给服务生，但竟没有忘记说谢谢。服务生看到这样失魂落魄的人，难免担忧，连问好几声"Are you ok？"连陌生人都晓得关怀，他却是什么道理，数天不理会我的所有信息，所有期盼，待我跑来，只说得一声"正在回马拉蒂亚的路上"，好狠的心。

全身脱力，踱到床上躺下，好大一张床，但我已知道，再也见不到他。所有的打算和期盼，全盘落空。这样的痛和怨和怒一波波袭来，将人打击得好不沉重。房间里好大一扇窗，窗外是安卡拉的暮色天空，就躺在床上流着泪看那天色一层层地暗下去。时令竟已入秋了吗？这样的萧索。思来想去，痛极了也只得几番大哭出声。好在四周寂寂，没什么人，怎样的悲伤恼恨，都是在这个静到可以听到厕所马桶有"嘶嘶"漏水声的房间里躲藏发生，不至于暴露在世人面前，徒添狼狈。想起那一年在澳洲出差，奔波到令人抓狂的行程不知怎么就让身体倒下来，中午整组人去用午饭，唯独我缓步走在后面，最后，就在墨尔本街头抱着垃圾桶狂吐，吐完埋头坐路边，有妇人经过问"Are you ok？"心情和身体那样难受，却还是展颜微笑说"我没事"。就是这样要强，死要面子活受罪。日光之下，并无新事，不过是喜怒哀乐生老病死，何苦惊动他人。今日如此纠结，更是惭愧，不值得同情。

也许只是因为自己太骄傲和敏感。也许他并无此意，我却一味能从语气里听出不耐烦。事情想到最坏，也会寻思，真是他 uncle 结婚吗，还是竟是他自己结婚，所以要躲着避着？无论往坏里想好里想，就是痛得难受。平生从未如此煎熬，数小时像过了一生一世。谁知道泪腺原来是这样发达呢，一轮又一轮，总是止不住。最后，也够了吧。看看竟已近夜半，挣扎起来梳洗一番，打算出门散散心。

不知道走到哪条街上的一幢楼里，门对门两个酒吧，随便进了一个，音乐"砰砰"的震耳，很热闹，绯红的舞池里群魔乱舞。戴起眼镜仔细看了看，女的一个个五大三粗，真没下风情。坐了一会儿，明明觉得有目光看过来，却硬是没人过来搭讪。这可奇了怪，再戴起眼镜仔细看看，怪事，全是男一个女一个，一对对的。少顷，也听到服务生解释，这里今晚是 couple night。哎呀呀！大叹晦气。罢罢罢，看出来了，今天不是 lucky day，撤吧。

回到酒店小区，花坛边坐一坐透透气。这样的深夜，还有一个青年经过，看了看，走过来坐下，聊起来。问我为什么来安卡拉？这不是个游客常来的城市。我怎么说？只告诉他我爱的城其实是伊斯坦布尔。又问我打算去哪里？这个倒好办，随身书是带着的，翻出来和他研究。他一张娃娃脸，坏倒是看不出来，聊久了，再听得我嘻嘻笑，心思难免有所动。问可否抱一抱。正好也缺少拥抱，就让他抱着。寒夜里温暖的身体无论如何是好的。良久，累了想回去，却没有邀请他一起的心思。他央求再坐一会儿，过得几分钟动身要走，他央求再多坐5分钟啊。还有完没完！有脸盲症，后来他具体长什么样也忘记了，只隐约记得一张娃娃脸上不舍的眼神。真是萍水相逢，只得一刻，借了他怀抱。

这样的夜晚过得去，后面的日子就能过去。

2. Man to Man 和一条名叫 Fox 的狗

虽说安卡拉不算旅游城市,但国父纪念馆,还是心里满想去的地方。想去的原因有二:为一种 Man to Man 的气概,和一条名叫 Fox 的狗。

少数人决定着历史的走向。没有决定性人物的出现,库尔德人在一战时丧失了他们最好的独立建国时机。在奥斯曼帝国分崩离析、土耳其民族面临灭顶之灾的时候,他们幸运地拥有了穆斯塔法·凯末尔·阿塔图尔克。阿塔图尔克是土耳其国会在1934年赐予凯末尔的姓,意为"土耳其人之父"。他领受着一代代土耳其人的尊敬和景仰。小气男令人烦,猥琐男惹人憎,可惜在现实生活中,小人遍地,小男人遍地,真正的 Man 太稀缺,所以来到这国父纪念馆,想怀念一下一种名叫雄性气息的东西。

凯末尔的 Man,首先在加利波利战役中令人神往。一战爆发,奥斯曼帝国兵败如山倒,只有在加利波利半岛,奥斯曼人才守住了自己的阵地,其中的关键因素在于凯末尔的聪明才智和坚守阵线。"虽然当时他只是一个低级军官(陆军中校),但非常准确地预计到协约国军队的战略计划。在艰苦的战斗中他的军队遭到重创,却成功地阻止了敌方的进攻。在整个战役中,凯末尔一直经受着疟疾的困扰,但他仍然全面掌控着战役的进程,并几次奇迹般地死里逃生。曾有一枚流弹击中他的胸部，却意外地被他的怀表挡住。(大难不死，必有后福；天降大任于斯人也，必先苦其心智，劳其筋骨)他曾经在四天四夜没有合眼睡眠后，还夜晚指挥部队向敌军发动反击。当澳新军团企图登陆，凯末尔向他的第57步兵团下达了著名的命令，'我不是命令你们进攻，我是命令你们去死！'(一将功成万骨枯)。他的英勇表现使他成了民族英雄。加利波利战役一直从1915年的春天持续到来年1月，伤亡多达50万，一个生还者回忆：'水像水晶般透明。我们可以看到队形整齐、身穿军服的士兵的身体都躺在水底，他们是在爬上岸时被击中或者失足跌入水中的'。但如果不考虑战场上的残杀，这场战争经常被称为'绅士之战'，因为交战双方都非常尊重对手。在加利波利的海岸纪念碑上，刻着凯末尔日后在1934年发表的著名的和平演说：'对于我们来说，叫约翰和叫穆罕默德的人都是一样的……你们，把儿子们从遥远的乡村送来的母亲们，请擦干你们的泪水，你们的儿子现在躺在我们的怀抱中。他们在这片土地上失去了生命，却因而成为我们所有人的儿子'……"

这种 Man，是肯去搏杀，也懂得尊重对手，并懂得反省。加利波利是一场惨痛的战役，但战役中所附带的属于真男人的英勇、绅士与绅士之间、Man to Man 的敌对与情谊，却是传奇。这样的传奇，令肾上腺素分泌旺盛的雌性动物，每每追忆起来，都是要热血贲张的。第一次听到 Man to Man 这个词，是在伊斯坦布尔初回少年家的那个晚上，他说他要去和朋友们进行 Man to Man 的谈话，让我自己留下休息。一介少年，听起来这么大男人，好性感。无处不往事……

像凯末尔这样的人，必定是不惜一切去推动心中所想所欲的。

加利波利一役令凯末尔站到国人面前。1919年，他率领人们开展抵抗协约国瓜分奥斯曼帝国的独立战争，并选择了仅有3万人口的内陆小城安卡拉（旧名安哥拉）作为基地和临时政府所在地。虽然安卡拉的历史还早于公元前1200年的赫梯时期，其后也因位于贸易线路交汇处而一度繁华，但在奥斯曼帝国时期，这里慢慢衰落成穷乡僻壤，唯一为世人所知的，就是一种名叫安哥拉的山羊，以及它的毛。慧眼识福地，战争赢了，共和国建立起来，决心告别奥斯曼帝国的种种陋规陈俗，凯末尔连帝国的显赫首都伊斯坦布尔都不再眷恋，选定安卡拉作为新国家的首都，大刀阔斧，参考欧洲的城市规划理念，建设新首都。据说从1919年到1927年的9年间，凯末尔从未涉足伊斯坦布尔，一心专注于将安卡拉建设为真正的全国中心。这是他一手再造发展的城市。

一人之城，寂寞之城。而整个国家，亦走向了政教分离的新道路。

"他建立起民主政体，但又不允许任何反对力量的发展影响到自己政策的实施，他几乎不采纳任何与自己相左的意见，并经常显示出独断专行的作风，但他最终的目的始终是为了土耳其人民的福祉……"他全方位推进土耳其的现代化，大到政治制度的确立，小到不允许人们再戴土耳其毡帽——它被认为是奥斯曼帝国的残留物，封建保守的象征……他的确带领了土耳其走进现代化，但其建立统一的民族国家的观点和愿望，又引致了库尔德矛盾的绵绵不绝，以及希腊和土耳其人口交换这种事件的发生。也不知该说是遗憾还是什么，英勇无畏的凯末尔、大胆革新的凯末尔、略显独断专行的凯末尔，仅在57岁时，就走到了生命的尽头。

占尽高处风光的凯末尔、Man to Man 的凯末尔。寂寞吗？他的一生只有过一次短暂的婚姻。他很喜欢一条名叫 Fox 的狗。Fox 死后，被制成标本，放置在国父纪念馆里，陪伴着凯末尔。

8月的安卡拉，阳光好到无与伦比，却备显寂寞。大街上没什么人，地铁站里竟然更是没什么人。开斋节的杀伤力果然巨大。Mina 1 hotel 离 Kolei 地铁站很近，坐4站地，就到了 Tandagan 地铁站，从这里步行往国父纪念馆，几分钟的路程。看到街上树叶已经开始变黄，果然秋天已在路上。一排黄色出租车停在路边，明亮的颜色很有画面感。国父纪念馆在山坡上，为绿茵葱葱的一个大公园所包围。瞻仰国父也等于游园，这里的格局都很磊落宽大，娇滴滴的幽怨情绪倒不必有。石头建就的宏大纪念馆，在回廊中可以远眺安卡拉密密麻麻的红色屋顶。纪念馆里他的东西很多，军装、随身物品、老照片、讲稿、外国政要赠送的礼物……不计其数，在馆里一重重递进，总是看不完。但我都只是经过而已，只想看看那条狗——Fox。他具体而细微的情感流露。

Fox 圆滚滚胖乎乎的。一看就是一条很聪明又很调皮捣蛋的小猎犬。谁能跟我说说他们俩之间的故事？我想念我的狗。她一定每天都在寻思，那个女人，还回不回来了？

在这么宏大的纪念馆的回廊里坐着，看着空城邈邈，却又是突然惊觉：下一程去哪里？哪儿都不想去，只是想和他在一起。那么就告诉他吧："你已经回到马拉蒂亚是吗？我想你。我也回马拉蒂亚好吗？"但是，无论如何，打不通他的电话了。换个当地人的手机来打，依然不通，一连串土耳其语的女声播报。当地人说，这个号码不工作了。

我没法再在这座寂寞之城待下去，也不知道自己能在哪里待下去。最后决定去海边,唯有大海能带来呼吸。安卡拉的长途汽车站 A.S.T.I. 是庞大的集散中心,有全国最四通八达的巴士线路。很快,买好了第二天晚上前往地中海城市安塔利亚的车票。

3. 蓝田日暖玉生烟，早知应喝六杯茶

安纳托利亚文明史博物馆很难找，我沮丧地在 Ulus 区域的阿塔图尔克大街边坐下，几乎要放弃。

明明应该在这附近的，从地图上看，博物馆在邮局附近，可我已经找到邮局，却偏偏是无法判断博物馆是从哪个方向再走过去。一位流浪汉，坚持要给我带路。走了一小段，开始相信他是精神有问题的，放弃跟他走，再问路边的人，居然没有知道的！安卡拉的人这么没文化吗？首都不应该是政治文化中心吗？安纳托利亚文明史博物馆不是很出名吗？恼到想摔书，摔书也没用，这个城市，八字不和。正沮丧，身后一位穿黑 T 恤的男青年和我打招呼，问是否要去博物馆。抬头看，他旁边还站了一位同样穿黑 T 恤的男生，眯眯笑。想起大胡小胡，土耳其男人总是这样，出双入对。这次，和我打招呼的男生帅一些，另一位个子高一些，姑且先称前者是帅哥，后者是高个。

帅哥的英文仅够打招呼多一点。在我说了"是"后，先告诉我往前走看到路口就转左，转左之后呢，却没法解释明白。好吧，那走一步问一步吧。跟着他们前行。走到前面路口却发现他们也是左转，那我又继续跟着。他们是男生，走得快，走着走着居然停下来等我。也不知道他们原本的目的地是去哪里，既然等，就

跟着他们走呗。喜欢帅哥多一点,再说高个完全没法用英文沟通,所以就总靠在帅哥身边走,偶尔也落在后面,打量他们两个。一样的穿着牛仔裤、黑T恤,这不是情侣装吗?心里暗暗判断,他们俩很有可能是好基友。可惜了。高个虽没有沉鱼落雁之貌,身段倒是不错,宽肩蜂腰,自有一种风流,简单的穿着打扮,已颇为悦目。男色沉迷者啊,仅一会儿工夫,已经风乍起,吹皱一池春水,泛起几多涟漪。身边经过的道路完全没留意,要是日后再次从阿塔图尔克大街去往博物馆,一准儿还是不认路。

  高个不懂英文,并不代表脑子不好使。拿着个手机"啪啪啪"地按,少顷递到我面前,哇噻,在线翻译啊,这么高科技。高科技搭建起友谊的桥梁,他遂一一了解到此女是从哪儿来,叫什么名字,今年多大(虚报年龄是可耻的)完成这土耳其问题三部曲后,他一准儿觉得桥梁已搭建好。再问我为什么一个人在这里,有朋友或家人一起来吗。答曰没有,习惯一个人旅行。他俩双双惊叹,表示这对土耳其的女孩子来说,是不可想象的。高个又是一阵"啪啪啪",这次,居然用中文赞扬起摩登都会女子来,虽然是繁体的。礼尚往来,也表扬他很聪明,他不好意思地嘿嘿笑,脸都红了。看到我俩聊得火热,帅哥颇为失落,时不时也摸出手机看一看。兄弟,信息时代,没有翻译功能很吃亏啊。

  难怪先前问路大受挫折,在地图上看着近,走去博物馆还是有几分远的,并不是一条大路通到底,要经过好几次七拐八拐。别人就算知道,语言不通也没法告诉我。它是在 Hisarparki caddesi 街的尽头,位于山上。往上走的同时可回眸安卡拉旧城 Ulus 的景观,鳞次栉比的老房子和大街小巷,混合着午后阳光蒸腾。这是凯末尔一手建立的有着笔直大道和规整居民区的现代化首都,老城的保存依旧完好，平淡地容纳着日常生活，不夸张，不张扬，就是生活。安卡拉并不是个单调乏味的政治之城，值得前来，如果不是心境这样差。

我们三人似乎走了很久，因为是上山，又热又累，我大呼吃不消，赖在路边抽烟，他俩都好笑地等着。奇怪的是他俩明明就生活在安卡拉，还是搞不清博物馆在哪儿，看来不是文化人。走着走着已经到山顶，看着已经来到像传说中的城堡的地方，他俩问了人，才确认已经走过头。折返往下走，忘记是在和高个聊什么话题，凑到他跟前看手机，一抬头，正好迎上他的目光。在那四目相接的一瞬间，以摩登都会女子的敏感，立刻觉得"有料到"。博物馆总算找到，他俩的任务也宣告完成，高个问我还会在安卡拉多久？"今晚就去安塔利亚。"他神色黯然。等着看他还会说什么，但没有，只是要了我的联系方式，并写下他的给我。他是西法，26岁，安卡拉青年。

位于建于15世纪有穹顶的集市里面，后来曾经过大规模重建，配置有郁郁花园的安纳托利亚文明史博物馆，"完美地展示了土耳其变幻无常的古代历史错综复杂的一面，收藏了安纳托利亚所有重要考古遗址中搜集到的各种文物"，是土国颇为重要、名扬海外的博物馆。整个安纳托利亚早期文明，包括旧石器时期、新石器时期、铜石并用时期、青铜时期、亚述时期、赫梯时期、佛里吉亚时期、乌拉尔图时期、吕底亚时期的遗物，还有希腊古典时期和古罗马的历史文物，以及安卡拉的历史展示，煌煌大观，是熟知历史和对考古有兴趣的文化人的盛宴。我不过是假冒伪劣品，哪懂那么多，也就看个热闹。一个人的时间和精力用在哪里，是看得到的。对活人特感兴趣，又哪有那么多工夫研究古人的东西。看热闹，却看了个泪流满面。早知道馆里到处都是马拉蒂亚出土的文物,我就不会来。光是看到这个单词,已经心如刀割。扶着一颗被凌迟的心,草草看罢一圈,喜欢一对不知道什么年代的小鹿(是鹿吧?),冷冷的小样儿睥睨众生,很屌丝。还有一个小狮子(是狮子吧?),看表情是像是犬儒主义者,旁边一对狮人,再旁边的一个不知什么神兽,样子有点像星球大战里的绝地大师尤达。属于它们的年代已经消逝,而它们默默地留在这里。想起一句台词,"我们这个世界还年轻的时候,人和神生活在一起"。

出得馆来阳光如梦如幻。要去城堡,却在短短一段上山路中疲惫不堪。路边有人家,以为是茶室,推门进去,迎上一位大叔,虚弱地问他:"Cay?"大叔笑点头。找个位置坐下,环顾四周,才知是牌室,一桌桌玩牌的大叔。墙上挂着地毯和手工艺品作装饰,午后阳光从窗户斜斜照进来,有一句诗叫作"蓝田日暖玉生烟",明明讲的是典故,却像是眼前的画面感。带的烟没了,跟其中一位玩牌大叔要烟抽。抬头看到是个外来女生,一桌子大叔都吃惊,随即释然而笑。这不是女人来的地方,来了却也就来了。招呼我坐下的大叔,一趟趟主动添茶。连喝三大杯,才恢复精气神。找大叔收钱,他却直摆手。愕然,以为不是他管账,还想应该将钱塞给谁,旁边的大叔却都纷纷摆手,再单手放在胸前微微欠身,这个姿势隐约见过,该是穆斯林致意问礼的意思,用在这里的意思我猜出来了,"不用客气,我的荣幸"。就这样,糊里糊涂地,蹭了一顿茶。走出门时心里被温暖得很彷徨,却又暗暗后悔,"早知,应该喝它六大杯!"

安卡拉城堡很大,不是一幢建筑,而是城墙围起来的一个古城,里面有四面八方蜿蜒的街道,可以玩捉迷藏。许多老房子还是当地人居住，是土耳其传统村庄的生活，但也有面向旅人的客栈和礼品店、小情调餐馆咖啡馆。当初没有选择住到 Ulus 旧城区和城堡里面来，还是考虑到交通方便的问题。如果纯粹是以旅行目的来安卡拉，倒是可以在城堡里小住三两天，情调一下。城堡是历史的叠加，分为内外两层。外城墙为 9 世纪拜占庭帝国皇帝米哈伊二世下令修建，内城墙更可追溯到更早的 7 世纪。公元前 200 年到前 100 年间建造的古罗马剧院遗址、12 世纪建造的阿拉丁清真寺散落其中。这么久远的历史能保存下来已经够气人，偏偏还有平常人家如常地生活在里面。而且有这么大一块古老宝地的城市，在这个国家还远远排不上旅游目的地的名号，叫习惯了大拆大建的他国他城情何以堪啊。按惯例，城堡也是没有收门票这一说的。倒是在入口的阶梯上，有当地妇女在出售一些手工制品，轻轻巧巧，很适合买来当手信。

在城堡塔岗上俯瞰整个安卡拉。这座蓝色天空明亮日光下的红色之城啊！以为我是为男人而来的人们都是错的，我是先喜欢上这些有浩渺气息广阔气度的城，才喜欢上那里的男人的。但男人也是分功能分作用的，不同的男人满足人生不同的层面，不可能有集大成于一体者。凯末尔·阿塔图尔克很 Man，魅力深厚，但如果和他生活在一起，一定是场悲剧。

坐夜车去安塔利亚，已经晚上 10 点半，长途汽车站 A.S.T.I. 依旧人头汹涌，候车区一辆辆大巴士"一"字儿排开，蔚为壮观。早了解土耳其巴士运输发达，但面对这样坐夜车成为一种生活方式的景象，还是开了眼界。很多人在道别，抱来抱去。离开安卡拉时，看着窗外灯火落泪，想着再也不会来这座城市了，它如此寂寞，令人心碎。

第八章

安塔利亚：不要轻易来这里，会迷路

> Hey，我在
>
> 梦中的海洋
>
> 我永沉海底
>
> 就在一瞬间 跃出海面
>
> 我该怎样才不用去后悔 过这些日夜
>
> 放开我所有的爱和悲伤
>
> 有一天 它们已不知去向
>
> 我在这里大声向你呼喊 你可曾听见
>
> 我在演奏着沸腾的生命
>
> 直到黑夜已吞没我的脸
>
> ——《Hey，我在》

安塔利亚，是地中海沿岸土耳其最大的城市，通向闻名遐迩的土耳其蓝色海岸的门户，炙手可热的旅游胜地。这里有罗马遗迹、奥斯曼建筑的老城区，世界一流的考古博物馆，喧腾欢闹的夜生活，无边无际的蓝色大海，游艇穿梭。

这些，都离我很遥远。

我明明身处其中，却像是不占面积的存在，没有重量地飘过。

1. 这怎么会ok？

　　土耳其的夜间大巴，真的应该坐一坐。夜晚出发站安卡拉 **A.S.T.I.** 的热闹已经很令人吃惊，夜半中途停靠在不知什么站，那一幅不眠夜的画面更令人震撼。车站大厅内人来人往，卖食物的档口甚至于卖礼物的小超市都热火朝天。一车车的旅客被运过来，齐齐站路边，吃东西的吃东西，抽烟的抽烟。就是冷了点儿，我瑟缩在披肩里，躲避8月夜晚的寒风。精神有点紧张，总是怕错过车次，匆匆跑去上了个厕所就蹿回车前抽烟。也许是饿的吧，这两天都没吃什么，但看着前面窗口的烤肉摊，到底没欲望去买点什么。就这样回到车上又继续昏昏沉沉睡去，外面不知经过多少村庄和城镇。再次醒来，天色已发亮，初升太阳刺眼的红色光打在车窗上。

　　在车站大厅里呆呆地坐着，同车的旅客早已各自散去。这么早，安塔利亚苏醒了吗? 订了老城区里一个小旅馆 **Camel Pension & Aparts**，怎么去也不是很清楚，对这个城市的方位、区域全无概念。安塔利亚的长途汽车站在市郊，隐约记起谁说过，一些大的巴士公司在这里是有免费巴士接驳到市中心的。这次从安卡拉过来，坐的是 **Metro** 家的车，走出去找了一圈，果然他家有小巴士免费运送旅客进城。老城区叫 Kaleici,司机却叫我在一条现代化的大马路边上下了车。心头愕然,问了路边一个年轻人,Kaleici 却是沿着这路边一直往下走即可。年轻人,这么早,你独自坐在这路边做什么呢?谢别他,一直走啊走啊,箱子在石子路面上"哐啷哐啷"震天响,这大清早的静谧,被破坏得体无完肤。若不是为了扮靓所需,携带太多身外物,在土耳其旅行,还是适合用背包。到处的石子路石板路,固然有情调小清新,却是和行李箱互不待见。

又不知走了多久,走来走去就是不知道 Camel Pension & Aparts 在哪里。老城里的巷子转来转去,不分东西南北。路过一个看起来挺高级的度假酒店,门前摆了许多设置着雪白餐巾的早餐桌,闻得到大海的气息。正好站在门口的经理,讶异地看着我。借用别人的眼光,才意识到自己有多奇特落魄:踩着一双烂布鞋,裤脚半卷,披头散发,脸色黯然,形单影只,和安塔利亚悠闲度假的气氛,全然不符。但说是苦逼背包客,又拖着这么大一个鲜艳明亮的箱子,而且,背包客不会傻到这个时候来安塔利亚的——斋月刚刚过去,全土耳其的人都出来度假了,海边旅游胜地人满为患,物价正是最高峰时期。看就看吧,索性向他问起路来。他看了一下地址,想了一会儿,说等等,"咚咚"跑回大厅里,半天不出来。正纳闷,他拿着一张老城区的小地图出来了,用笔详细标出现在酒店的位置,Camel Pension & Aparts 的位置,向我指示,前行,左转,第一个巷子右转,看到出租车站,再右转,应该就是。好详细啊!千恩万谢,拿了他给的地图就走。还是错了,该右转的巷子没转,继续吃力地把箱子往上推——那是段山坡路,听得后面有人喊叫,回头看,经理正指示:"走过头啦!"他怎么就吃准了我还是会迷路,特意在后面留意着呢?好容易见到那传说中的出租车站，旁边小巷子一打量，果然是 Camel Pension & Aparts。此时，距离从 Metro 的小巴士下车，一个早上已经过去了，老城里已经开始出现长枪短炮的黄色皮肤游客。很疲惫。原本并没有故意省钱不坐出租车过来的，只是因为茫茫然的没计划、没安排一步步的行程，就这样一大早，懵懵懂懂，先在老城里迷了一大圈路。

Camel Pension & Aparts 很小。小小的陈旧的庭院，在巷子边上摆了几张桌椅，猫咪瞪眼看着人，似乎责怪我来这么早干什么，还没到 check in 的时间。跟老板要了 wifi 查邮件，看到收件箱里有几封新邮件，心跳加快。打开一看，却是西法，问我在哪里，"I miss you."说了一遍又一遍。虽然失望，却又像溺水的人抓住了一根稻草。告诉他，我已经抵达安塔利亚。

总不能一直趴在这桌子上等到中午 check in 吧。打开那张老城区小地图，看看有什么地方可以去。正好出租车站旁边就有一个浴室，据说已经有六七百年的历史。来这个国家这么久，却还没有洗过传说中的土耳其浴。南方海滨城市的天气潮湿炎热，坐了一夜车，又推着大箱子狂走一圈，这会儿全身湿湿粘粘，更觉生不如死。遂决定去洗土耳其浴，顺便在浴室里找地方刷个牙。

太早了，浴室刚开门，只有一位大叔工作人员，他连声热情地招呼可以洗。掏出 50 里拉打算豪一把，洗个全套。大叔领我进去，里面一个人都没有。他跟在我后面，那架势是，他来帮洗吗？我犹疑起来。他却连声催促我脱衣服，一迭声说"This is ok. You know? This is ok."糊涂起来，以为这里的规矩就这样，是我乡下人没见识，另外确实也是心神恍惚，竟就把衣服脱了让他帮洗起来。土耳其浴其实就是坑爹，除了中间会有一些泡泡比较好玩，其他都太平常，还不如以前在北方生活时，一块钱人民币请澡堂工帮搓的澡舒服。50里拉的全套服务，包括几分钟蒸汽，几秒钟搓澡，几秒钟泡泡，几分钟按摩。本来全程虽觉得有点怪怪的，也没太在意。直到按摩完毕，那个大叔，在出去之前，俯身亲了我一口，才傻眼。离开时，看到浴室外面的广告画面，分明女顾客是由女澡娘来搓洗的。也是，穆斯林国家的公共浴室，男工人给女顾客洗澡，怎么会ok？正常人都知道这不可能。我不正常。

浴室里没地方刷牙，没关系，我很聪明，找到了旁边的一个清真寺。有清真寺就有洗手池。安塔利亚的阳光开始强烈起来，而坐在清真寺洗手池亭子的阴影中刷牙。

自己也像那片阴影一般静寂，不为人知地存在。

2. 打蛇随棍上

洗过澡刷过牙，人总算活过来。清真寺附近有一个餐厅，绿树掩映，日光斑驳，明亮地摆了一堆橙子在门口，意思是这里有鲜榨橙汁可以喝。问过服务生有wifi，就安心地坐下来，消磨这上午的时间。隔着树荫，可以看到远方是海的蓝。终于从内陆来到海边，完全不同的味道这里有海边度假地特有的气质。生活很安逸舒适，三三两两走过皮肤晒得铮亮发黑的年轻人，深粉色九重葛开满大街小巷三重门。很多的小精致小浪漫小清新让我感觉熟悉，宾至如归，却又不再新鲜。到处充斥着游客之城那一种稍嫌烂熟的味道。若是两个人在一起，趿着拖鞋手拉手走去开满九重葛的花园喝下午茶，一定就是浪漫的记忆；一个人，就难免觉得有点俗气。想起在伊斯坦布尔亚洲区kadikoy的夜晚，和他牵着手走到灯火摇曳、年轻人的欢笑声一阵阵漫开的巷子吃晚饭，走着走着他突然说："啊，好浪漫。"当下心里一阵怜惜。我已走过半生，吃过一些苦，也见过繁华，和诸多男人风花有过，雪月有过，这样的时刻，对我来说本不算什么，在他，却已是很浪漫。如今想起那一幕，这些日子所有的怨和恨渐渐散去，只求他再度回到身边，随便一起做什么都好。在安卡拉的时候很气，发了火气很大的邮件，责问他怎么可以这样，若是想分手，明说就好了，一定不会缠着他。此刻,却心平气和,想对他说,若是因为我做错或说错了什么,请一定要原谅我。我已经到达安塔利亚,很希望你也在身边。

有预感他不会回邮件。很久之前就曾和他说过,"很怕有一天你会突然从我生命中消失",他很生气:"怎么可能?为什么你总是想一些不好的事情?"天生有悲剧意识不是我的错。置之死地而后生是一种生存策略。对事情最坏的一面都有了心理预期,那么若是真的发生,想来应该会少一些当局者的痛苦,可以像局外人一样站着说话不腰疼:看,早说过会这样。之前就看过一些书一些片子说道:某个父亲,某个丈夫,某天出门打个酱油,就再也没有回来,从此不知所踪。在毫无征兆的情况下突然失踪,突然放弃正在进行的那份生活,一定是内心深处有无法治愈的厌倦。我自己有这种玩失踪的潜意识,也就难免联想。

西法的邮件,在挽救我那可怜的被沉重打击的骄傲和自尊。他说:"你记不记得我们眼神交汇的那个瞬间?就是那时,我发现自己爱上了你。你是如此甜蜜,独特。请你再回安卡拉好吗?我想再见到你。"哦,都说那个瞬间有料到了。独特当然是独特的,随便一个女生出现在他们身边都是独特的,随便笑一笑,都是甜蜜的。心里明白,但也不影响我照单全收。"你为什么不早说?若昨日你挽留,我就不会离开安卡拉。现今,你要再见面,就来安塔利亚吧。""但我现在要上班。周末时来找你好吗?"周末?掐指算了一下,还有几天呢,到时自己在哪儿也不知道,再说吧。

这安塔利亚第一天的傍晚,从 Camel Pension & Aparts 出来,随便游荡。附近有个果汁店,点了橙汁,才发现昏头昏脑的,钱包都没带出来,赶紧叫停。店主却说,啊,没关系,回头再给钱就好了。拿着橙汁匆匆回去取了钱包出来，一转眼却好像又迷路，走来走去不是那个果汁店，急出一身汗，好歹找到。店主一脸没事的样子，笑嘻嘻地收了钱，一点都没意识到这种信任对于我来说是多大负担。果汁店再往前就是一片坡崖，从那里可以俯瞰大海和海港。索性卧倒于地，拍摄倾斜的大海和天空，暮色中，每一片都是深深的寂寞。旁边三个年轻小伙儿，炫酷地坐在崖石边缘聊天。一会儿等他们走了，正好独享清静。须臾却又回来，拿了一袋不知什么，继续坐在崖石边大吃大喝。有点好奇，问了一声你们吃的是什么？他们立马热情邀约共食之，原来是青口上面夹着米饭，浇了柠檬汁，酸酸的带着海鲜的些许腥冷，伊斯坦布尔埃米努努码头也有很多卖的。

后来跟着他们混。一路穿过老城区的繁华街市，一个个店铺卖的都是游客的东西，没什么兴趣。这真是可怕的感觉。早知心意变得这么挑剔，来这旅游胜地做什么？还是怀念土东南那质朴原生态的感觉。正因为发现自己在这里没什么想做的，没什么想法，才这样跟着小伙子们乱晃。后来走到海边小广场坐着聊天，他们问，你多大？先反问，你们呢？二十一二岁。既然这样，不想显得太另类，打蛇随棍上，说了个22。问题是，他们也深信不疑。

夜深了，他们要回家，约我："明晚6点在刚才那老地方见。"这次，凭着大致的方向感，慢慢往旅馆摸回去。在老城区的外围街道，有马儿拉着车"叮叮叮"跑过，是游客所爱的节目之一。站在一边，看了一会儿低眉顺眼在候客的马儿，深觉寂寥。

回到 Camel Pension & Aparts，看到老板坐在门外抽烟看来往行人，我也在旁边坐下来上网。有住客回来，和老板聊天，问他：

"今天过得怎样？""Not bad."这个老板，一看就是当年也有故事的，一语中诸多况味。我倒是新学了这个词，not bad。有吃有喝，身体无虞，也就不好意思抱怨生活。但若说到快乐，那又是另一个复杂的问题。所以"not bad"，淡淡道来，心照不宣。

3. 带你去一个很好的地方

迷路，不是我乱说的。关于安塔利亚老城区 Kaleici，《LP》上也有这样一句话："经过哈德良门，沿 Hesapci Sokak 走，就能到达老城区。虽然路边小巷和街角都有标志牌指向大多数旅馆，但老城区内部曲折的街道很可能会让你迷路。"然而，两夜三天一直都在迷路，那就是我的错了。

这一天，本来计划是很简单的。因为房间里不能上网，想着先回昨天那餐厅，树荫下逗逗猫，上上网，下午去坐电车绕城一圈看看风景，傍晚时会一会那三个孩子，也算是到安塔利亚一游。

能相信吗？上午 11 点出的门，竟然下午四五点时才找回到昨天那个餐厅 Lal Café。已经不算笨，知道先从出租车站点那儿过去，先找回那个公共浴室，浴室附近是清真寺，清真寺再附近，就是 Lal Café。够有逻辑了吧！就是找不到，有什么办法。绕来绕去越走越迷茫，每一个路口看着都像，每一个路口走过去又都不是。经过了两三个清真寺，渐渐分不清究竟哪个是昨天刷牙那个。没事盖这么多清真寺做什么！天气很热，汗湿了一身又一身，一转头，又兜回到刚才明明已经走过的巷子，巷子里旅游商品店铺的老板依然热情地"hi"。很恼火，一股劲跟自己干上：越是找不到，越是要找！不然笨死算了。谁能明白那种可怕的感觉吗？

烈日当空,街上并没有多少人,游客都出海去欢腾了,唯独自己,孤魂一般一圈圈地团团转,屋檐后一丛丛探头出来的九重葛,每一丛都在不怀好意地窃笑。越走越远,居然走出老城区,走上一条僻静无人的林荫大道。渴到要死,就在随时要瘫下去的状态时,无边无际的蓝,出现在面前。我说要来安塔利亚看地中海,来了,本没有计划往海边去。现在,它以迷路的形式,自己来到我面前。

怎么可能抗拒这样的蓝?蓝得没心没肺,没有过去,没有未来,没有天空和海洋的分别。游艇偶尔从中间撕裂而过,放着一首很轻快轻佻的歌。这首歌,那天早上在马拉蒂亚,他和弟弟送我去车站的路上,也放过。那时他一边开车,一边侧脸笑着和弟弟讨论这首歌。在后座怔怔地看他,心里想的是,要离别了,我这么难过,他却像很轻松。尔后他回头看我,微笑问:"你喜欢这首歌吗?"除了"yes",能说什么?偏在这会儿再听到。心里痛苦得大喊,好在海的蓝,消弭一切于无形。

再回到昨晚那个坡崖边,已晚上7点。不见小孩儿们。也不知是来了又走了还是没来,成为疑案一桩。无所谓,人来人往都无所谓。地中海的夏天,总得七八点才开始落日。想看一场落日,于是继续坐着。身后来了个黑人,不断引我说话,问:"一起坐船出海去看落日好不好?"好脾气地答他:"不。"他走开了,一会儿又回来,再问,依旧答"不"。再问,还是"不"。他继续有一搭没一搭地闲聊,用很多形容词来赞美我,比如 decent、gracious、polite. 我的词汇量很是有限,对于赞美,也就知道 pretty、sexy、sweet 这些显而易见的,没想到还有人用出"正派"、"文雅"、"得体"、"有礼"来,这是我吗?纳罕地笑了。

落日已尽,我说要走时,黑人问可否一起走走,侧着头想了想,也没什么不妥,有个人说说话也好。

　　黑人来自加纳,名字叫艾玛,在安塔利亚游学,已经学会一些土耳其语,沿路不停地和当地人打招呼,闲聊,显摆。现在的年轻人,怎么都这么幼稚?我说想去坐电车。他说:"那让我带你去一个很好的地方吧,我看你总是闷闷不乐的样子,那地方很好的,你一定会喜欢,会快乐。"听他说得那么煞有其事,又是一个来历不明的黑人,各种狗血剧情马上开始在脑海里翻腾——很好的地方?会快乐?莫非,腾云驾雾、摇头癫狂那种?他说的那个地方又是叫什么park,要不然,就是黑灯瞎火,专门适合胡作非为的公园角落?危险信号灯高高亮起,不见棺材不落泪的好奇心却又令我不置可否,继续和他走。

　　去搭电车。老城区外的安塔利亚,人潮汹涌,车来车往,暮色苍茫,完全陌生的异乡街头,四面八方都是迷失感,久违的黄昏恐惧症幽灵一般闪回心头。在候车的间隙,艾玛说:"我爱你。""啊?"甩甩头。这些异种人的逻辑真是很难理解。很认真地问他:"我们认识才一会儿,你对我一无所知,怎么会爱上我?"

　　"爱是一种感觉。为什么要了解一个人才能爱呢?"轮到他对我的逻辑表示奇怪了。

　　一直跟着艾玛在那个购物中心上上下下逛了几层楼,才最终搞明白,原来,这就是他口中那个"很好的地方",那个什么park。站在灯火通明的大堂中,我很迷茫:"艾玛,你为什么要带我来这里?"

　　"这里很好啊。"

　　"可是,在我的城市,有很多很多购物中心,并且要比这里大很多。我以为你是要带我去一些特别的地方。"

"这里就很好啊。有吃喝玩乐的,或者你想看电影吗?楼上有电影院,我们还可以去看电影。"

我无奈地笑了。艾玛很沮丧:"Sweetheart,你为什么这么不快乐?我一直努力想让你快乐,但看起来你并不喜欢我。"

"一直努力想让你快乐"这份诚挚多少有点打动我。"那么,我们去看电影吧。"

看电影,也是有典故的。之前和少年说过,希望再次在一起的时候,可以一如所有恋人会做的,喝喝咖啡,看看电影什么的。喝咖啡,在马拉蒂亚时他是带我去了。至于看电影,那天丢失行李他陪我去商场买换洗衣服,经过影院门口,曾问我是否看,反问他:"现在吗?"他说:"Not now."但这个"now",还会出现吗?

我总算是在土耳其看上电影了,虽然屏幕上演的是什么,压根没看进去。

比较特别的有两点:影院如其他场合,都是男生和男生来的居多,少有男生和女生来的。另外,他们放到一半,会有个中场休息,就像看球赛一样。

中场休息时,我们就离开了。留下一场没看完的电影。安塔利亚左右为难。

第九章

卡斯,碧海蓝天,
两小有猜

1. 丢人丢到地中海

去往卡斯 Kas 的路是一场惊艳。酽酽的蓝色大海,兜兜转转,总在眼前蔓延。在每一个转弯的瞬间,每一次见到那无边无涯的蓝色突然出现,每一次都心胸扩张,似有新鲜的能量,灌充胸怀。天空如此宽广,大海如此明媚,没有什么怨恨值得惦记,没有什么纠结不能放下。决定给他写最后一封邮件,自此之后,不再等待他的消息。

邮件里这样写:"Baby,我已到达 Kas。这里美丽平静,我很喜欢。我会在这里等你。Come! 我们可以在大海里悠游,和鱼儿嬉戏,沙滩上看星星,海浪声中烛光晚餐。"其实,我已经不抱希望。文人滥情,是没错的。我们总是最善于说,在自己的脑海里风起云涌,翻江倒海,感动了自己,肉麻了别人,而现实生活,终究错漏百出。比如在大海里,听起来很浪漫激情,可实际上我又不会游泳。难道要带着?好不堪设想的画面,丢人丢到地中海去了。

从安塔利亚到卡斯的三小时车程,真是非常爽歪歪的路途。小巴越过高山,越过密林,在海边公路跑啊跑。上一次这样沿着海跑,是在新西兰南岛,从门户小镇皮克顿坐列车到凯库拉,也是美好到晕眩。Kas 这一程路,还要更加鲜艳明亮。海天一色,蓝得那么浓烈，日光也那么强烈。并且，在一些无人的翡翠色的海滩上，还会有鲜红的星月国旗冲入眼帘。相信我，在那样的无垠天地，那样的明亮中，突然看到红色星月旗帜迎风招展，多少会有些震动。这个国家太过分了啊，它有那么丰富的历史古迹，有那么多动力强劲的美男子，还有那么蓝的海！

千万不要在斋月刚过去后和土耳其人抢地盘。对于东方游客来说，Kas 是过于遥远和陌生的地中海小镇，但对于土国人来说，它是越来越炙手可热的夏日度假胜地。斋月过后的 Kas，比安塔利亚还要爆满。Booking 上 Kas 旅馆的预订率，已经达到 97%。只能匆匆忙忙地从那剩下的 3% 里，挑了 Oreo Hotel，那种饼干的名字。后来经理说，我是她在 Oreo 工作 6 年以来，遇到的第一位中国客人。

至于当初为什么决定将 Kas 列入此行的目的地之一，原因也很简单直接，就是想到地中海里潜潜水。少年也曾经为此生过气："你说是为我而回土耳其，但你给我们安排的时间只有 4 天。接着你就要去这里去那里，而你的行程里并没有把我列进去。"——因为我发了一份东奔西跑的行程单给他看，请他给我建议。我反唇相讥："你能怪我吗？是你自己说这个夏天很忙，又要去参加叔叔的婚礼又要复习功课准备补考什么的，不知道该怎么安排时间给我。我是识大体，不给你增添烦恼，自己流浪去。"他想想也对："Honey，对不起，因为我，我们不能有很多相聚的时间。"其实我并不想要他的道歉，那份行程单只是以退为进的激将法。他一直表示很忙，我很恼火，就想着用一份行程单表示，别神气了，我没有你也行。其实我是希望他说，不许你自己乱跑，无论如何我们也要在一起。谁料，东方人的迂回曲折，东方人的谋略啊，四肢发达的胡须男,哪能领略!

虽然沿路所见皆大海,真到了 Kas,却觉得,"咦,大海哪儿去了?这个海边小镇,和想象中的有点不一样"。下得车来,举目但见四处都是山。一幢幢白色小楼,掩映在墨绿山峦中。Oreo Hotel 离车站远是不远,大概只有三四百米,但位于山坡上,推着大箱子一步步往上挪,又热又渴又晒,进得门来忍不住冲服务员发飙。那服务员,也是个年轻俏丽的少年。他一定会觉得这个女生太可笑,因为他刚见到我时,我是那样气鼓鼓的,谁也不理,也不出去玩,只埋头在院子里上网,后来,就跟换了个人似的。

Kas 满小镇又是姹紫嫣红的九重葛。Oreo Hotel 满植九重葛,进入房间,拉开窗帘,对面的另一家旅馆,也是每一层楼的阳台上,九重葛都噼里啪啦开个不停。房间里两张床,一张天蓝,一张橙红,深蓝和白色的窗帘低垂。炎热的午后,寂静的小镇,安卡拉青年西法,每天都殷殷问询:"今天去哪儿啦?玩得开心吗?我想念你。那我周末就来安塔利亚啦?"现在,看了看时间,告诉他:"我已经离开安塔利亚,到了 Kas。也许就在这待两天,周五就回伊斯坦布尔了。你到伊斯坦布尔找我吧。"

独自去吃晚饭。独自在 Kas 游荡。很快掌握这个小镇的结构。小镇三面背山,一面向海,车站和 Oreo Hotel 是在小镇的边缘,靠山。说是在边缘,其实离镇中心也就不到 10 分钟的步行路程。镇中心是海港,每天大小游船就从这里出海,驶入地中海无尽的蓝。海港边是一大片广场,茶室、咖啡馆、果汁店、餐馆,应有尽有。广场边又是一层层的山坡,一间间情调小店、小餐馆、旅馆,迤逦而上。小巧浪漫的度假胜地,很不错。起码,在这里,我没有迷路。

最爱 Oreo Hotel 的,是它有数棵大树和一丛丛花草的庭院。泳池就在庭院边,夜晚灯火潋滟,水声潺潺。深夜,坐在大树下上网。有新邮件,是少年。他说:"明天我会请示父亲,希望他同意我来 Kas 与你相聚。"

2. 无论如何都是错

人的心理真是很奇怪。心心念念想要的，最终出现的那一刻，竟不是欣喜若狂，而是一种迟钝的平静，慢慢苏醒的现实意识。最想要的只在一个瞬间，尔后即便得到，也失去了百分百专属于其的 right timing。于是在此时想着彼时，但若在彼时又将想着此时。无论如何都是错。

缓缓靠向椅子，遥远地看着屏幕，他的邮件。在经过那么多难过、泪水、等待、无数次刷屏没有他的消息一次次心如吃了铅球般沉重失望之后，他出现了，恍如隔世。紧跟着想起来的就是，要怎样和西法说，他每天都期待着再见到我，他要失望了。

我问少年："你还好吗？ Everything is ok？"那么多天没有消息，没有什么事情发生吧？我是个满脑臆想的人，小时候有一段时间，每晚睡觉时都很害怕，暗暗担心，要是半夜发生火灾怎么办。在第二次返回土耳其之前，有时一连三四天都没有收到他的邮件，就会很焦虑恼火。我跟他讲，要常常给我发邮件，不然我会担心。他理解不了我这种心态，为什么这个人怎么老是改不了 always thing of bad thing 的毛病。

"是的。我们已经完成了婚礼。"他说。噢，土耳其人结个婚是有多麻烦，这都十几天过去了，他们才完成婚礼？

他的一句要请示父亲，令我又好笑又觉得新鲜又满怀柔情。噢，是了，我的情人，他还是个孩子，受父母管束。我自己自由散漫惯了，从小脑子里想法一大堆，却从不善于与人沟通，父母都不知我在想什么。12岁开始很少听取他们的意见，15岁初吻，17岁独自出门远行，去看大海，并且和老师谈恋爱，从来都忽视规则。听到他这样说，觉得太逗了。天哪，这种毫不正经。嬉笑怒骂的态度，迟早会害人害己。

他还说："即便父亲同意我来，我也是要和一位朋友一起来，不然父母会担心我们……"

"Baby，没关系。我只要再见到你，其他的都不介意。"Bad girl 这样回答。

多动人的话语。可是，"浪荡子夺初夜，文艺男毁一生"，文艺女，也是一样的。

"元妃因问，'宝玉因何不见？'贾母乃启道，'无职外男，不敢擅入。'元妃命引进来。小太监引宝玉进来，先行国礼毕，命他近前，携手揽于怀内，又抚其头颈笑道，'比先长了好些……'一语未终，泪如雨下。"

后来每每想起在 Kas 再度见到少年时的情景，竟莫名奇妙想起《红楼梦》里这一段。

那日，少年和朋友早晨从马拉蒂亚飞安卡拉，经安卡拉转机安塔利亚，再从安塔利亚奔赴 Kas。抵达 Kas 时，已是下午3点多。他让我在酒店等他们就好。我不肯，坚持要在车站等。从马拉蒂亚飞安卡拉的航班太早，五六点钟，怕他们年轻人不知轻重，前一晚一再在邮件里叮嘱，早上万万不要赖床，不要错过航班。上午收到少年邮件，说他们已到达安卡拉，正等待前往安塔利亚的航班，才算放下心来。半天时间内他们在土耳其境内兜了个大V字。少年跳下车时，我看到他，着一件鲜绿色T恤，如此明亮。好像又长个了。未完全成年的体态，又瘦了一些，长手长脚。头发剪短了，先时在马拉蒂亚，他前额的发太长，用细线发箍拦起，很是不羁，就像他喜欢的那些球星。现今剪成板头，傻傻的有点像愣头青。见到我跑过来，他伸手，揽我入怀。在他怀中抬起头来，说出的第一句话却是："你为什么把头发剪了？"

那日着淡绿色小短裙，小翻领，裙上有一只只白色飞燕。Miu Miu那一年推出的燕子裙，简洁俏丽，大受欢迎。我这购自吉隆坡的山寨打扮，很是便宜，却显清新可人。扎了辫子，脸上抹得白白的。内火重，唇不点而红。一双彩色便鞋，轻巧活泼。我们就像两小无猜，手挽手，跳跃着走回酒店。当然，是我跳跃。他是男生，矜持得很。朋友在后面跟着，拎着行李。不好意思了，我说我来拎吧，少年却说没事他可以的。发现我少年，总是支使朋友干活，小小年纪，也不知他摆的什么谱。

我们有了一个面海的房间。一朝被蛇咬，十年怕井绳。和Oreo Hotel经理只是说有两个朋友要来，请给我多安排一个房间，要大床的，他们俩住到我原来的房间去，我搬到大床房。经理哈哈大笑，问："男朋友？"抵死否认。"那你为什么坚持要大床房？""因为我喜欢睡大床。你们土耳其酒店很烦的，总是一张张小床。我们中国人都习惯睡大床。"被她笑得脸都红了。我想她才不相信我的鬼话，但还是给了我一个大床房。开了门，才发现酒店这一面的房间，露台上，九重葛掩映着远方碧海蓝天，很是美好。之前和少年开玩笑，Kas这么爆满，要是酒店没房间，我们就露宿海滩，听着海浪声入睡，多浪漫。他一口拒绝："不。我不要。我不喜欢那种露宿街头、无家可归的感觉。我想躺在我们的床上喝啤酒。"我笑他:"你怎么这么老,一点都不浪漫。"他反驳:"你才老。"我的确是老。我最现实了。先时在清迈,那个男生说:"清迈有天灯。赶明儿去找个天灯和你一起放。"我回应他:"是的啊,每年秋冬,清迈放万人天灯时,特别美。"他愣住,尔后叹气:"你这人怎么这么无趣,我本来想着为你放天灯,多浪漫。你却说起什么万人天灯节!"可见真是已被现实生活折磨良久,心已磨出老茧,一不小心就显出原形来。露宿海滩,天气这么热,身上黏糊糊的没得洗澡,多难受,浪什么漫,其实我也是这样觉得的。不过一起躺床上喝啤酒,也是一种浪漫。我又笑话少年:"咦,我的那个坏男孩回来了哦。"——好男孩不喝酒。他不吭声了。

3. 要吵多少架才学会相爱

很快，我们就闹了第一回合的别扭。

午后阳光疏影横斜，他说他要和朋友下去游泳，那我当然也要跟着。换上泳衣时，他眼睛一亮，轻轻吹了声口哨。我羞涩低头，裸体都见过，这会子穿上个泳衣，难道更添新鲜性感？他朋友是个正经孩子，见到我着泳衣，更是不敢直视。三人在泳池边坐着，我笑吟吟地抹防晒霜，他俩有点不知如何是好，气氛颇有些尴尬。我很明白这种尴尬。因为泳池边还有一大群人，男男女女，刚潜水回来，嘻嘻哈哈地笑闹。我们三个从未单独一起出来旅行的少年（他说以前每次外出度假旅行，都是和家人一起），一个不明来历的东方女生，骤然暴露在世人面前，显得很怪。况且，我历来有一种奇怪心理：就是单独时总能轻松磊落，但扯上男人一起，面对世人，就总有几分不好意思和不自在。好像自己柏拉图的小宇宙，一到世俗世界中，就有见光死的意味。最记得17岁那年与老师相恋，在学校的象牙塔里面，是很自在的。忽有一晚和老师外出，正好身体不适，他带我到药店买药，站在他身边面对店员那一刻，狼狈不堪。通俗说来，这可能就是不切实际的恋情面对实际世界时的心虚和怯意吧。也记得在伊斯坦布尔和少年共度的第一晚，翌日一起外出，下得楼来他到前台check out，都不敢和他一起，自己先跑到外面等着。他出来时也很不好意思，低着头说："Honey，走。"这会子，又是那种狼狈的感觉。

他和朋友到池中玩，我在池边试水、泡脚。他说下来。"不，我不会游泳，我会死的。""这水那么浅，再说我在这里，你怕什么？下来。"那我就试探着下去，泡胸。他在后面一推，我本能地狗刨，他拍手笑："Honey，你现在可以游泳了啊。"还没笑完，我已失去平衡，一头栽到水里，慌手慌脚地乱抓，正好他朋友在前面，抓住了我。一面道谢一面冲少年嚷："You want kill me！"他笑笑，不理我，自己游走了。

想起他说要喝啤酒，跑到泳池吧拿了三瓶EFES过来，待他俩上岸，就一人手里塞一瓶想说cheers，谁料他朋友吓得跟什么一样，直摆手。朋友不会英语，少年解释："他很虔诚，从不喝酒。"我依然不知轻重，还是一味邀请，"Just try it. Please. For me."这个朋友是多不解风情啊，人家女孩子都这样盛情了，他还是一味摆手。少年责备我："他不喝的，你为什么要给他买？"啊，那我怎么知道？没道理自己喝酒，把客人晾在一边，这可不是咱东方人的礼数。朋友看到少年拿起酒喝，跟他说了几句什么。少年跟我解释："他在生我气。""为什么？因为你喝酒？""是的。"我不作声了。

稍后，我在池中泡水时，他俩竟一声不响，转身欲走。我叫住少年："干什么去？""我朋友说想出去走走。"我傻眼，气苦"你都不跟我说一声，不问我要不要一起去，就把我自己扔在这里？"他怔一下："哦，那你要不要一起去？"生气！一扭身："不去！"死小孩儿，哪有这样谈恋爱的，女朋友都不顾的！

他们前脚离开,我后脚也气呼呼地出门。叫你不理我,我也自个儿玩去。到 Kas 第三天了,景点、海滩还全没去过。据说这里有一个建在山坡上的古希腊剧场,可以俯瞰地中海。也许在那里看一场海上落日,正好。然而 Kas 这么点大的地方,绕来绕去,竟还是找不到传说中的剧场。每个人给我指的路,都不尽相同。已经找到山上,沿路还经过传说中的利比亚石棺,懒得进去看,一心只想俯瞰地中海。但是在山路上越走越远,我开始怀疑方向对不对。迎面来了个摩托车,抓住车上的年轻小伙儿问路,他却又指向镇上的方向。我将信将疑。他拍拍车上后座,示意我上车。便在此时感觉包里手机震动,拿出来一看,少年已拨了三四通电话,问我在哪儿。问题是,我也不知自己这是在哪儿,还在纠结着要不要上这个摩托车。也不知他在电话里是否听到我旁边有男人的声音,会不会寻思就这片刻工夫我也能出来寻花问柳了。我还是上了车。小伙子载我回到镇上广场附近,指了个方向,看着又不像是剧场,很是纳闷。得知少年已回到酒店,到底无心恋战,剧场不剧场的也不管了,匆匆赶回去。

他在朋友房间,趴在床上,疲惫的样子。我问他:"你在生我气?"其实是我还在生他气。"不,打了你好几个电话都不接,我是担心你。"好笑,舍得连招呼都不打,就把我一个人扔在酒店里,这会儿又说担心我。他拉我回房。最不耐烦和门锁打交道,到了门口就自然而然把钥匙塞他手里,从背后抱着他,等他开门。太沉迷于这样娇气地黏人。只是,先时并没有真的很生气,接着就真的很生气了。因为他告诉我,大后天就得和朋友回马拉蒂亚。也就是说我们只有明天和后天的时间。这不够的嘛。我是满心盘算着得有一天一起在镇上、海滩边玩玩,熟悉环境;再有一天得坐船出海；再有一天租辆车，到周边逛一逛。因为从安塔利亚过来时，看到路上那些无人的海湾、海滩，实在是很吸引人。再说，为什么每次都这样，才在一起，就急着要分开。

"多待一天，行吗？"央求他。

"不行。"

"只是一天。一天都不行？"

"很快学校要开学了，回到马拉蒂亚，我还有很多事情要做。出发前我已经答应父母大后天就回去。"

"你为什么连一天都不肯多给我？"

"Honey，你要知道，我还是学生，很多事做不了主。你要理解我。"

"不。我不想理解。"牛脾气上来了。

他也开始生气，不吭声。

"我本来还想，有没有可能——"说了半句，觉得实在没意思，没说下去。

"想什么？"他追问。

我摇摇头。

"告诉我，你在想什么？为什么你总是不告诉我你的想法？"他继续追问。

说得也对，总是这样，把话闷在心里，其实很不好。"我本来还想，有没有可能，你和我一起回伊斯坦布尔。"这其实已经是我签证停留期的最后几天，我很快也要从伊斯坦布尔回国了。

"怎么可能？我有家庭，我要珍惜开学前和家人共处的时间。我还要去拜访爷爷奶奶……你怎么一点都不能理解我？"

都说没意思不想说，偏又叫我说，说了又是这种态度。珍惜和家人在一起的时间是没有错，但为何竟没有一点想和我多待一待？家人，是年年在这里的，但我千山万水来一趟土耳其，容易吗？失望。伤心。恼火。不想和他多说什么，跳下床，就要夺门而出。我们才在一起几次啊？他已经太熟悉这种臭脾气和老把戏，坐到床沿，手一伸，拦住过道："你要干吗去？"

"不用你管！"

"Honey，你别这样，别生气。"

"不，我就是很生气！让我走！"

"Honey，请理解我。"他抱住我，埋头在我怀中，竟有几分呜咽。

僵硬地站了一会儿，开始心软，伸手抚他的发，虽然失望，也无可奈何了。我斗不过他，这是注定的。

一起去吃晚饭。他和朋友停在路边看橱窗。突然不由自主地觉得很高兴，我竟伸手把他抱着，拼命抱起。女汉子啊。他皱眉，"Honey，别这样，我会害羞。""怕什么，这是在 Kas，We can do anything。"兴高采烈地仰头看他，不明白他为什么会害羞。然而，这就是差异。他可以为在街上和女生有亲昵举止而害羞，但和朋友，却可以亲密得很，他会轻打朋友屁股，捏他肩膀！走一边，越看他俩，越觉得像一对同志情人，不由得惊叹："你们也太 gay 了吧！""你觉得我们是不是 gay？"他又摸摸朋友屁股。受不了，大笑着跑开。

他用手机放 uncle 婚礼的录像，一群男人手拉着手跳舞。忽然想起一个问题："Baby，你这个 uncle，是父亲的兄弟吗？""是的。所以我妈妈并没有去参加婚礼，因为她已经和我父亲离婚。"听出了他的画外音，就是间接回应了为何我发邮件让他问妈妈是否可以让我去观赏婚礼而他懒得理我的原因。英语害死人！先时一直以为他嘴里的那位婚礼 uncle 是舅舅呢，原来是叔叔！我那封邮件，岂不正是哪壶不开提哪壶？本来父母离婚这件事已经让他很不爽了，他也很心疼妈妈，我还要来这么一下。

Kas 的夜晚，很多小餐馆，点着摇曳的烛火，很浪漫，我只是跟在旁边的小女人。要选哪家吃晚饭，他根本就不问我，只是和朋友商量。在中国，我还从来没这么小女人过。要了杯红酒定神，而他俩只是喝芬达，从前我都鄙视爱喝汽水和饮料的男人，觉得太幼稚。什么事到最后都是自己打自己嘴巴。

他也有柔情的一刻。"这样的夜晚，就像我们在 kadikoy 的夜晚。"话才说了半句，已经懂得他的意思。"是啊，I know。"心里想，此时此刻，是多不容易啊。而我们为什么又会在这里，在这陌生遥远的海边小镇？说起来，也是很恍惚。

他的话题突然间又跳开："你的屁股现在觉得怎样？"啊，我大臊。吃着饭说起这个？好在朋友听不懂英语。老老实实地摇头，"Not good."我觉得说他们男风之盛，是有苗头的。不然他怎么会对屁股这么有兴趣？

是不是有一种爱，叫故意惹你生气？Kas 广场上有几只肥大的流浪狗，晚上专门游荡在各个餐厅跟人要吃的。一只流浪狗走过，他居然吓得往里缩。我觉得太好笑了，我那么爱狗，我的情人居然怕狗！我就偏要喂它们。他很生气："你再喂我就走了！"我又扔出一块鱼。他真的起身："你走不走？我们走了。"恋恋不舍，唉，我的那杯红酒，还没喝完呢。

回到房间，他拍拍床："Come here。""不，你累了，你先睡，我要洗衣服。"女汉子这会儿不知怎么又很贤淑，真的拿起一堆衣服进去洗起来。洗完出来，他早已熟睡。灯光下依然倔强的脸，性感的嘴唇，又很像个孩子。朴树有一首《TA在睡梦中》，以后每每看到给他拍下的睡梦中的照片，都会想起这首歌。曾经有那样的时刻，爱是很纯净的。

把衣服一件件晾在阳台上。深夜海风很大，一阵阵吹拂长发。坐在椅子上，脚伸长搁到栏杆上，长发散到椅背上，仰着头一支一支地抽烟。我爱的人，他就在屋子里，在睡梦中。但我的心里，依然有一个巨大的洞。这样的洞，令人有足够的冷静，抽身作为旁观者；也令人在无论怎样的快乐中，都感觉彷徨。

4. 你就像个少年

早上醒来，依然难以相信他就在身边。他说："让我们起来，叫上朋友去吃早餐。"现在他不坏了，breakfast 是指真的 breakfast 了，却又是几分怅然若失。中毒期这种患得患失的心理，有什么办法？

我说："今天请陪我去海滩玩。"他说现在不是好时间，下午再去。早饭后他又要和朋友到泳池戏水，我说："你们先去，我先收拾一下房间。""哦，你要做清洁？"他微笑。我知道他，颇爱干净，在伊斯坦布尔时去他家就知道了。但家政绝对是我的弱项，我的信条是，"人生不是用来做家务的"。那次在伊斯坦布尔他家，和朋友们一起吃过饭，他居然命令我："把碗收去洗了。"洗你妹，心里骂了一句，嘴上也很不屑："我不是来这里做家务的。"他笑了，学会请求："我收拾，你帮我，好吗？"再有一天早上，他拿着一会儿要穿的衣服问："你会熨衣服吗？帮我熨。""废话，当然不会。"他叹气："那你都会什么？"睥睨他，心里想，我会什么你不知道？只是英语不好，也就没能反唇相讥。

然而此时，我心里很安静，心甘情愿地一点点把房间收拾整洁。才在一起半天一夜，我们已经把房间弄得像垃圾场，连床单也已经皱巴巴汗津津的。知道他一定不喜欢，也不好意思去跟服务生要新床单，居然扯下，动手洗起来，反正风大阳光好，晚上也就干透了。我的家政绝对是弱项，才这么折腾一轮，已经累得蜷在床上打算先歇歇，一会儿再生龙活虎地见他。阳台门也开着，房间门也开着，风穿堂而过，扬起白色纱帘，九重葛的粉和海的蓝，在阳光中跳跃。楼下泳池的水流声也听得到。偶尔有人声。真好。正朦胧间，他回来了，一掌拍在我屁股上："为什么你开着门？"柔声答："等你啊。"

他背对着我躺下。我从身后抱着他，唇印到他背上。"别亲我。我很累，想睡觉。你亲我我又会想要你。""但我就是忍不住要亲你啊。"闻他身上，有微微酒味。"你喝啤酒了？""Yes.""唔，Bad boy。"我叹息。和我在一起，他 bad boy 的一面全出来了。

然而他真是可以很绝情。前一秒钟还在缠绵，后一秒钟就会说："我下去找朋友谈点事情。Man to Man 的谈话。你等我回来，我们再去海滩。"很是不舍："你要去多久？""一个小时吧。"

等了他两小时，人影不见。下去找，朋友一开门，看到他在床上熟睡。我瞠目结舌。这算什么意思？又在忽悠我？但我不是愿意白白坐在那里等人的女人，留了张纸条，告诉他我去海滩，睡醒了来找我。

Kas 的 buyuk cakil 海滩离镇中心有一两公里远，天气热，很晒，没力气走路去，打了个车过去，15 里拉，好贵。打车去海滩，这么没品位的事情，一点都不好玩。但被他放鸽子，刺激到了，才会做出这么没品的事。然而这里和东南亚热带海域的海滩很不一样，不是沙滩，是鹅卵石的，最重要的是，丝毫不会考虑到可能有人不会游泳，海滩边虽然也有两三家小餐馆，但没有一家出租救生衣或救生圈的！

在海滩上来来回回走了两圈，那些穿着比基尼、泳裤、一对对、一家家地躺在日光浴床的人都怪物似的看着这个穿着长 T 恤、形单影只的东方女孩。看什么看？不是我不想把这长 T 恤脱了下去泡水，是你们这里居然没有救生圈嘛！

爬到海滩边缘的岩石上，躲在岩壁后面，躲避阳光。海滩上人们都在尽情地晒太阳，我可不想变成非洲黑人。

有人说，爱一个人就是，去到哪里，看到什么美景，都会希望他在身边，一起分享。可如果那个人并不这样想，自作多情就会显得很搞笑。曾经和他说，如果我们一起从 Kas 坐班车回伊斯坦布尔，一路从南到北，穿越土耳其，多好玩。可他说，好玩什么！要我坐二十几个小时的汽车，那就是杀了我。看，这就是自作多情，也叫想太多。

他来电话了，问我在哪儿？"Beach.""We are coming now."于是我就等着。看人跳水，看人戏水，看人一个个离去，暮色来临，落日之金在海面上消融荡漾，看潮来潮往，惊涛卷起千层雪，原来都只是自己的心声。

他没来。我慢慢从海滩走回镇上。道路沿海盘旋，不断上坡，于是就看到地中海在脚下，时近时远，宏大、无情，又充满魅惑。夜色中的海总有一种魔力，恐惧的魔力，像是会召唤人前往，吸引人前往，会吞噬，会沉没。吕克·贝松的《碧海蓝天》是我很喜欢的片子，却总是没有勇气看第二遍。杰克在黑夜中投身大海。总觉得那一定非常冷。是可怕的吞没。如果要死在大海中，我希望那是蓝天、阳光遍洒，穿越粼粼水面，鱼儿都在明亮的光线里嬉戏的时候。

明明从理论上，把一切看得这样透。在现实中，却是无休止的小儿女意气。走回镇上，在酒店路口，就正好看到穿着白衣的少年迎面而来。他看到我，上前拉我的手。我手一甩，当没看到他，继续往前走。"我朋友要走了。你也这样对我？"本来是打算不理他了的，听到这样说，不由得止步。

"你朋友要走？去哪儿？"

"他有一个叔叔在 Aydin，他要去那里。"

"那他什么时候回来？"

"不回来了，那里离 Kas 有六七个小时车程。"

"那他怎么回马拉蒂亚？"他们已经订好从安塔利亚经安卡拉回马拉蒂亚的票。

"I don't know. I don't care."

一听语气不对，这分明就是小两口闹别扭的语气。回身抱着他："Baby，怎么了？你朋友为什么要走？他是生我的气吗？"

"不知道。他叫我一起去，但我是为你来到这里的，不能扔下你走掉。我叫他不要走，他不听。他是我最好的朋友，现在却这样对我。"他竟然抹起泪来。

我母性大发，就见不得他这样难过，一时间忘了自己的气恼，问："他现在在哪里？已经走了吗？"

"在车站等车。"

我拉他往车站走去。"干什么？"

"去找你朋友。"

"不去。"

"别这样。来，让我们去找他。"他扭扭捏捏地跟着我，边走边抹泪。

他朋友正在候车，见到我，有几分不知所措。我跟他说："不要走。不要扔下他。"他听不懂英语。我扯少年:"你快翻译。跟他说请他不要走。"

"我不说。由他去。""小两口"这别扭还真能闹。

三人在石阶上呆呆坐着。我自己再跟他朋友说,请不要走。他摊摊手,想说什么又不知道怎么说。车来了,他提起行李就往车上走。

少年拉我回酒店。走着走着发现前面有个人,我奇怪:"咦,那是你朋友吗?"什么时候,他又不走了,还走在我们前面去了?

少年点点头,燃起一支烟,命令我,"给他。"

我颠颠跑上去,把烟递给朋友。他还想推脱,被我硬塞到他手里。

他们就这样,算是和好了吧。

我心里都快笑翻了。到底我是大奶,还是小三?有这样明理的大奶或小三吗?

我们坐在庭院里聊天,酒店小前台也在,原来他也是个库尔德人,来自迪亚巴克尔。我说我去过迪亚巴克尔,翻出相机里的图片给他们看。少年惊奇:"你去了迪亚巴克尔?"我也奇怪:"对啊,我发给你的邮件里有说过从迪亚巴克尔飞安卡拉啊。"他不吭声。Anyway,过去的事情我也不想再提。他们三个聊得很开心,三个少年,不知在说什么,眉飞色舞。喜欢看他眉飞色舞的样子。但只有我们俩在的时候,要不就是肢体交流,要不就是紧张沉默的气氛。我本来就是话很少的人,惜言如金。他在我面前话也很少。那晚取笑他为什么怕狗、怕猫,怕那么多东西时,他还说:"你也会令我害怕。"我心里一震:"你为什么会害怕我?""I don't know."黯然神伤,只想要你爱我,何曾要你怕我。也许情深,只是不知该如何相处?

他们又不知聊到什么。他哈哈笑,尔后看着我说:"看,现在每个人都是开心的。"我微笑,和朋友和好了你很开心,但我还是在意你让我在海滩白白等了你那么久啊,还是在意你为何总不在我身边啊。小前台问要不要喝茶?我说好啊,我喜欢茶。少年模仿着我俏皮的语调说:"I like tea."我满脸笑意地瞪他。茶来了,偏要他帮我往里面加糖。"你为什么不自己来?""我很忙啊。我在拍照。"我故意倒腾着相机。他忍着笑,帮我调茶。《红楼梦》里,"智能走去倒了茶来。秦钟笑说,给我。宝玉又叫,给我。智能儿抿着嘴儿笑道,'一碗茶也争,难道我手上有蜜!'"我就是要喝,他帮加了糖的茶。

夜晚的泳池蓝得很荡漾。他走到小池中玩水,叫我过去。"Honey, are you happy?""Yes, I'm happy."但顿了一会,还是忍不住说,"但我还是生你的气。"他低头:"你总是生我的气。""我在海滩上等了你两三个小时,你没来。""但我朋友闹着要走啊。""那你起码应该打个电话给我。""我手机没电了啊。""我还是生气。"他往我脸上泼水。我干脆和他打起水仗来,一把要将他扯倒在水中。他挣扎着起来:"嘘,别闹了。"我索性把泳池边挂着的唯一一个救生圈扯下来,扔到大池中,扑通跳下去,游起泳来。

"Artoo, enough."他开始叫我名字。不管他,继续泡水。一会儿又叫我:"人家泳池已经到时间关闭了。"继续不理他,泡着救生圈,浮在水面上看星星。泳池管理员出来,才叫得动我。上了岸,才发现冻得哆哩哆嗦。他送我回房,摇头叹气:"You are so crazy." "Yes, I'm crazy." "Like a teenager." 斜眼看他,你才是少年好吧。

回到房,他说:"我走了。""别走。叫你朋友来我们房间看嘛。"先前他说想借我电脑和朋友看电影。

"我们不看电影了。小前台说带我们去一个好地方玩玩。"

我怔住。"那我也去。"就是一刻都不想和他分开。

"不,你不能去。"

"为什么?"

他不吭声。

我快速地换上衣服,"走。"

他不动,黑着个脸。"我们要去的地方只有男人,没有女人的。你不能去。"

我不吭声。一生气最擅长不吭声。

"Artoo. Talk with me."

"我就是想和你在一起。"

"你说要坐船出海,尽管我和朋友都不喜欢,我们还是同意明天和你出海去。我明天可以陪你一整天。今天我朋友一直很无聊,现在我们出去玩玩,和人聊聊天,结交些新朋友,让他开心些,你为什么不能理解?"

我就是不能理解为什么我就不能一起去。

"刚才虽然你不说,但我也知道你和我们待在一起,语言不通,很无聊,所以我们出去换个地方聊天。我又没有离开你,又没有和别的女生在一起,你为什么总是不信任我?"

不吭声。

"你别这样。在我们国家,如果一个人爱一个人,不会像你这样的。"

那应该怎样？

他生气了，大声说："不管你是怎么想，这是在我的国家，你就要听我的！"

心灰意冷，把门打开："你走。"

他坐下："现在我不走了。"

"你走。"

正僵持着，他朋友上来了。

摔门，走到阳台上。一阵风吹过。再回头，他已经走掉。

火大。把他东西全塞回他背包，扔到他朋友房间门口。回来把房门紧锁。不给点颜色你瞧瞧，也不知老娘的厉害。明天出海，在船上要是坐一起，你求我我也不理你。

5. 超大卧铺豪华跳岛游

早上他们居然没来。坐在船上,看着时间一点点流逝。不肯相信,但也越来越知道,他们是不会来的了。

我们预订好的是三个人的位置。这里和东南亚那些跳岛游的小船不一样,这是两层的船,每人有一个固定的卧铺。他俩没来,我就一个人躺了三个人的位置,很豪华。服务员问:"你的朋友呢?""他们也许不来了。"旁边一家携子带女的英国人,妈妈用同情的目光看我。

船离岸的时候,非常非常不开心。

因为脑海里早有理想的剧本:我们再碧海蓝天中面对面躺着,你眼望我眼,我眼望你眼,眼中尽是甜蜜的爱意和快乐的笑意。然后,你帮我抹防晒霜,我帮你抹防晒霜。现在,只剩下对比之下,现在的境况就非常凄凉不堪。

我怎么会老是让自己处于这么狼狈可笑的境地?

当然,要怪也怪自己,闹什么脾气,把他关于门外。

只是,爱他爱得好累。

累觉不爱。

开始觉得,也许该放手了。

习惯自由,很怕有所负担,这样的情绪纠结、情感负担,有过、体验过,也就够了吧。怎能一直纠结下去?

海很蓝。很蓝。很蓝。

船渐渐离 Kas 越来越远,驶入远海,速度很快,风狂吹。大海蓝到失去声音,阳光像是失去了时间概念,海天一色,这样美好。他不在,是他的损失。

手机收到短信,是外交部领保中心提醒我:遵守希腊法律。

原来这就靠近了希腊小岛卡斯特罗伊佐 Kastelorizo(官方名称为迈伊斯蒂岛)的领域。这个小岛,很孤独。它离 Kas 只有两公里,可它属于希腊。它和希腊主领土隔了远远的地中海、爱琴海。以罗德岛为主岛的希腊十二群岛,已经和希腊大陆甚为遥远,卡斯特罗伊佐又是群岛中最最遥远的那个小岛。它和主岛罗德岛之间的距离,在地图上看起来,是和 Kas 距离的上百倍。不明白它怎么会属于希腊!这就是历史。历史就是一团混乱。简单说来,十二群岛先是属于罗马帝国,再是东罗马,尔后为奥斯曼帝国统治,1911 年意大利和土耳其打仗,十二群岛被意大利占领。二战后不顾土耳其的反对,意大利签订条约,将十二群岛交给希腊。就这样,相隔两公里,分属两国。离希腊还隔着整个爱琴海和整个土耳其西部,我被提醒要遵守希腊法律。哪一国的法律,都左右不了我黯淡的心情。

靠近岛屿,浅海的海水,明媚清澈如闪亮绿宝石。这样的诱人,谁都忍不住要下水吧。隔壁英国家庭的那个女儿,已经"扑通"从船上层直跳下去。帅呆了!其他男男女女,一个个也"扑通"往下跳。羡慕得顿足捶胸,太喜欢生命这种自由自在的状态了。可谁叫我笨呢!爬下舷梯,摸到船舱,嗫嚅着问船长:"有没有救生衣?"船长哈哈大笑:"我就是你的救生衣!"笑吧,你就笑吧。我要是信你,早死几百次了。

穿着救生衣,爬下地中海。说要来地中海潜水,这浮潜,好歹也算是了。不过不像热带海域,这里没有珊瑚礁,也就没有什么鱼。只是海水的透亮,实在令人目眩神迷。游到另一边,却又是蓝蒙蒙的一片,什么都看不到。当潜行于那一片蓝蒙蒙中时,有一种很奇怪的平静感。迷恋这种感觉,决定再来一遍,又游了个圈。再探头出海面时,发现所有的人都已上船,船员气急败坏地跟我招手。拼命招手也没用,浪有点大,我费尽九牛二虎之力,才爬得回船。满船舱的人,喝着热茶,吃着点心,看着穿着救生衣、湿漉漉、满身狼狈的我。因为都是不相干的人,我也就不在意,坦然自若。心里知道,此时他要是也在,一定会大臊,觉得我在众人面前丢了他面子。而我,在他面前,怕也难以这样不管不顾。别人都是一片潇洒地"扑通"跳海中,而我只能笨拙地穿着个笨拙的救生衣,爬下海。我要是他,也会爱上隔壁那个帅呆了的英国少女的。所以他不来,也是好的。

50里拉一个人的 Kas 跳岛游,其实真的很低。从上午10点出海,玩到傍晚五六点才回来。中间包午餐、水果、下午茶,饮料则需另买。午餐好好吃!鱼是在船上一条条现烤的,鸡排也香嫩,有一种酸奶蔬菜沙拉,酸酸甜甜,很对口味,米饭也是喜欢的蔬菜饭。可惜不敢多吃,怕晕船吐了更难堪。上次在新西兰凯库拉出海看鲸鱼就是,别人都站在船舷上欢呼,我看了一眼,惊叹,鲸鱼真的好大,接着就跑到洗手间狂吐起来。不过论起来 Kas 这个跳岛游真是好,因为是卧铺,觉得开始晕船,马上躺下,一会儿也就好了。

跳岛游有一个重要的景点就是淹没在海中的 Batik sehir 古城。

位于 kekova 岛的 Batik sehir，是两千多年前繁华的古罗马之城。公元 2 世纪，一场地震，将半座城市淹没于地中海。这里的文明历史，从此陨落。唯剩数截残垣颓壁，日复一日，暴露在时间的荒凉中。海面下，或有鱼儿，在城墙神殿中繁衍生息，经日嬉戏。海龙王平白无故，就收获了一座城市，鱼界的历史，在水底下悄悄书写。kekova 岛不准停靠上岸，就这样巡游而过，看一场沧桑。

6. 从头到尾，忘记了谁，想起了谁

回到酒店，他到房中找我。阳光晒了一日，我有心要把爱晒成往事。如今往事坐在面前，我努力做到冷静有礼，想要跟个大人一样，不吵不闹。

他说："你昨晚把我关在门外。"

"嗯。"

"你今日过得怎样？"

"好。"

他也许从未想过，我有可能会是这种态度，有点措不及防。尔后说："我和朋友一会儿去买车票，明早9点去安塔利亚。"

"嗯。"

他顿了顿："那再见。"

"好。"

他走了。

我在房中发呆。忽然觉得，我这是做什么？这么意气用事，日后会后悔吧？我真的舍得他了吗？心痛得打了个冷战。"蹬蹬"跑去敲他朋友房间的门，他们正在收拾东西。一把抱住他，他吓了一跳："发生了什么事？"我不作声。

他已经很生气，极力要挣脱。我两手紧紧箍住他，死活不放，

人一野蛮起来是很恐怖的。他去到哪儿，我就紧紧地箍着他跟到哪儿。他无法再动弹，两个人面对面，对峙着。我突然觉得很滑稽，扑哧笑出来。他更生气了："你觉得这样很有趣吗？""噢，我不是这个意思，对不起。"

问他："告诉我，你想要怎样？"

"我只想回到我的城市。从此以后不要再做坏事。"

心一凛，他把我们之间的事，说成是坏事。他也许后悔，那个看到我从蓝色清真寺走过的有明亮阳光的午后，不该叫住我。我曾问过他为什么要跟着我，他说："我看到你从那里走过，样子很可爱。我跟你说'hi'，你抬头看我，如此美丽。"这样一瞬间的心动，牵扯出这么多，其实既不是他所欲，亦非我所欲。我们的文化、观念，始终还是差别很远，始终难以相互理解。

但就是舍不得放手。

"你以后不要再来土耳其。"他就是个孩子，能说出这么孩子气的话来。

不来就不来，你以为来一趟容易吗？心里想。

然而正因为也许不来了，此刻，不是更要紧紧把握吗？

我们又和好了。

他和朋友要去看球赛，这次，愿意带我一起去。

当然不是现场球赛，只是到外面看大电视。

正如之前不知道土耳其还存在那么多网吧——网吧在中国已经是过时的东西了吧——我不知道土耳其还有这么多专门看球的场所。

不能说是酒吧，因为这里是不卖酒的。

也不能说是茶吧，因为连茶都没有。

可以选择的饮料有可乐、芬达，跟着他喝芬达。

屋子里两台大电视，设置几排座位。

要8里拉一个人，换算成人民币，性价比还挺低的——不就是看个电视吗？

只有男人来这里看球赛，这里是男人的群居世界。

他们看球赛，我时不时无聊地摆弄下手机。只是土耳其俱乐部的球赛，又不是欧洲杯世界杯，不熟。

他看到我在安卡拉那"蓝田日暖玉生烟，早知应喝六杯茶"的照片，很惊讶："你进去了这些地方？"——只有男人的牌室。

"是啊。他们还免费让我喝茶，人多好！"一脸得意洋洋。

不知道他心里是什么感受。

回到酒店，他就说要去找朋友，有事。"那你会回来吧？"我一脸惊恐。"当然。当然回来。你先睡，不要开着门。我回来会敲门。回来要发现你在开着门等我，我会走掉，听到没？"

他再一次骗了我。当等的时间够久，去敲门，他们都已睡着。朋友模模糊糊地给我开了门，抱着少年，请求他跟我回去。"不，我只想睡觉。"

"我会让你睡觉。"

他不动。

"你为什么要骗我？如果你不打算回来，可以告诉我。为什么要骗我？"

他说了一句什么，没听清楚。大意是他下来和朋友做晚祷，然后怎样怎样。

是他的心灵又被净化了，觉得不该和我这样吗？没听明白。他又不肯再说。

我抱住他,"Why you hate me so much?"原谅我真是不明白啊。

他发狂,厉声喊:"Artoo! Enough!"

不放手。

"让我睡觉!我要睡觉!"他以头撞墙,口里念了一串什么。也许是祷告,也许是求宽恕,谁知道呢,黑夜令这一切更不可理喻。

"你不肯走是吧?那好吧,你也在这里睡。就这样躺着,让我们睡觉。"他让步。

在他身边躺下,头抵着他肩膀。

"别碰我!你这样我无法睡!"

不肯挪开。

他跳下床,从柜子里翻出一个毯子铺地上,躺到地上去。

太滑稽了。我睁着眼,静静地看着黑夜,一切真的滑稽到超乎我能想象。

沉默地起身回房。

这一天,从 Kas 到安塔利亚。晚上,我们将从安塔利亚搭乘同一班机到安卡拉,他们从安卡拉转机回马拉蒂亚。

我们从 Kas 租了一辆车到安塔利亚。一路上,他们都和司机聊得很愉快。土耳其人是自来熟吗?他们在一起,总有很多话题。

一路上,我成功地做到了不再爱他。

风景依然很好。经过山林,空气很新鲜。他们把窗户打开,吸纳新鲜空气。趴在后座,回头看道路簌簌从身后退远。

旅程已近结束,不管怎样,我会怀念它。

很想抽烟。在车里点起烟。他朋友大吃一惊,一把抢过烟熄灭。坐在前座的少年，微笑回头看我："土耳其法律规定车内不能吸烟。"

鄙夷地微笑。

他知道我想抽烟，车行不远，就叫司机停在合适的路边。

午餐的时候，他叫我试一种奶酪，说很特别。

只是，和自己说好了不要再爱。一路看风景。兜兜转转的蓝色大海，总是看不够。

有那么一个瞬间，目光无意中落到他身上，心里依然痛了一下。即时移开目光。

他们进城去看他朋友的叔叔。

很累，在安塔利亚机场，找了一排长椅躺下，睡觉。在初初睡醒那一刻，缓慢地想起一切，心里最是恍惚。

夜晚的安卡拉机场，站在长长的通道，看着他在前面，越行越远，最终消失。

我们连再见都没说。

那些日子早已经无处寻找，可那些回忆跟着我奔跑。

后 记

有开场，就必定有散场。

这个故事，从夏天讲到冬天，转眼，岁末已至。

我在我的城市的咖啡馆，看着窗外偶有落叶飘零，人们行色匆匆而茫然，车流永远不会停止。

每次需要在什么文件或单据上填日期，都要想很久，今夕是何夕。

岁月如水，人在水底，遗忘了它的流动。

"那些日子早已经无处寻找，可那些回忆跟着我奔跑。"

喜欢陌生人。有一次，在吴哥，到巴肯山看落日。大雨，没看成。坐在突突车上回程，扭身趴在后座，隔着透明雨篷，看着簌簌倒退的街景，雨中湿漉漉。旁边经过一辆摩托车，司机浓眉大眼，大好青年。和他目光相对，看到他唇里轻轻吐出一个"hi"。笑了。

生命擦肩而过时的温暖和不舍，如此惊心动魄，可以记忆良久。

有跟着陌生人走的倾向，喜欢陌生人的气息，皮肤的温度，颤抖的触感，身体的新鲜和未知。就这样不问来历，不求去向，只在乎 TA 是一个人，一个鲜活的、神秘的生命。但只限于此。熟悉了，就没意思了，彼此之间就掺杂了社会性的计较、算计、占有、纠结，还有生老病死。

我冷漠、无情、心狠。任何人倾诉 Ta 的不幸和苦恼,超过 5 分钟,我都会开始烦躁,厌倦。

生命就是这样的,生活也是这样的,任何剧本都已经有人演过。日光之下,并无新事,不要把自己看得太重,行吗?

带着旁观之心倾情演出。

旅行之所以有吸引力,也许,只是因为这种陌生?这种随时可逃离的放纵?

人生的质感,应该用什么标准去衡量?

是漫长的生活,还是偶尔的春光乍泄?

有一天,你自己都忘记了,而我,会记得你曾经欢快的笑颜。

我记得,在公众场合,我伸出手去搂住西法,试图攀在他身上亲吻他时,他的无措和故作镇定。

还记得从窗子看底格里斯河汤汤流去吗?

……

但是,也只愿记得这些,昙花一现,全是美好。

像在收集一张张明亮的、colourful 的糖果纸,收满一盒,闲暇时拿出来看看,回味那缤纷的记忆,感受曾经含在口里融化的甜。

生活归根结底是苦的,我们都知道。

总有一些人,会真正闯进我的生命,让我们念念不忘,比如我的少年。

能让我回忆那么多,直到现在甚至会因为思念他而流泪,只有他,他是我心中和生命中的结。

我说过,最快乐之时,也是最悲伤之时。到巅峰,再去维持那样的高度,是不太可能的。

曾想努力抓住那些人生的巅峰时刻，可这种努力是绝望的，因为它早晚都会消逝。

那个土耳其的少年，那曾令我神魂颠倒的人啊。

当我歇斯底里地绝望过去，我们尝试温和、平静地来往。

他是个好学生，曾拿了奖学金到国外留学，还是那么暗暗狂野。

那首歌唱："想带上你私奔，奔向最遥远城镇。想带上你私奔，去做最幸福的人……"

最遥远的城镇，那里有暖气吗？

爱是美好，生活却是漫长的摧残。

他的人生才开始，我的已开到荼蘼，已经没有力气，去对抗这种摧残。

我们在各自的体系里生活，期待着再次相聚，也等待着最终遗忘。

这就是旅行。当你到达一个陌生的国度、陌生的城市，你并不知道即将遇到什么。

仅是来过，还是留下回去的理由？

我的土耳其。我的伊斯坦布尔。